meine beste Freundin ↰

Cheyenne Wawrceck

Lotta Petermann

↰ Mitglied unserer Bande

Paul Kohlhase

meine Mama ↴

Sabine Petermann

mag Ajudingsbums-Gekoche ✻

Oma und Opa

(Über Heesters schreib ich später noch was.)

Heesters/Schildkröte

Rainer Petermann

mein Papa ↱ Lehrer

Alice Pantermüller
Daniela Kohl

Mein Lotta-Leben
Hier steckt der Wurm drin!

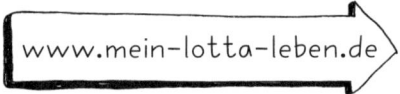

www.mein-lotta-leben.de

Alice Pantermüller

wollte bereits während der Grundschulzeit „Buchschreiberin" oder Lehrerin werden. Nach einem Lehramtsstudium, einem Aufenthalt als Deutsche Fremdsprachenassistentin in Schottland und einer Ausbildung zur Buchhändlerin lebt sie heute mit ihrer Familie in der Lüneburger Heide. Bekannt wurde sie durch ihre Kinderbücher rund um „Bendix Brodersen" und die Erfolgsreihe „Mein Lotta-Leben".

Daniela Kohl

verdiente sich schon als Kind ihr Pausenbrot mit kleinen Kritzeleien, die sie an ihre Klassenkameraden oder an Tanten und Opas verkaufte. Sie studierte an der FH München Kommunikationsdesign und arbeitet seit 2001 fröhlich als freie Illustratorin und Grafikerin. Mit Mann, Hund und Schildkröte lebt sie über den Dächern von München.

Alice Pantermüller

MEIN LOTTA-LEBEN

Hier steckt der Wurm drin!

Illustriert von Daniela Kohl

Arena

Für Rosemarie und German

Daniela

3. Auflage der Sonderausgabe 2018

© 2013 Arena Verlag GmbH, Würzburg

Alle Rechte vorbehalten

Einband und Illustrationen: Daniela Kohl

Gesamtherstellung: Westermann Druck Zwickau GmbH

www.arena-verlag.de

Mitreden unter forum.arena-verlag.de

MONTAG, DER 19. MÄRZ

OH MANN. Jakob und Simon haben heute schon um **Viertel vor sechs** in ihrem Zimmer rumgewummert.

Ich wollte gerade ziemlich **böse** werden, aber dann ist mir eingefallen, dass sie ja heute Geburtstag haben!

Und da bin ich schnell aus dem Bett gesprungen, denn Geburtstage sind ja was ganz Besonderes. Sogar Geburtstage von **Blödbrüdern!**

Deshalb hab ich ihnen dann auch beim **Wummern** geholfen.

5

Glückwunsch!

Als Mama und Papa den Jungs gratuliert haben, sahen sie erst ein bisschen **schlecht gelaunt** aus.

Aber dann hat Mama im Wohnzimmer die Kerzen auf der Torte angemacht und wir durften reinkommen.

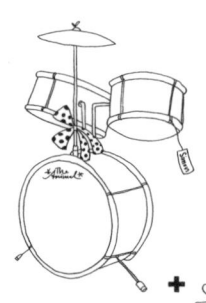

Mitten im Wohnzimmer stand ein Schlagzeug! **Voll cool!** Das war für Simon. Und dazu gab es auch noch Trommelstöcke.

DENGDENGDENG DENGDENGDENG DENGSCHEPPER

Die hat er sofort ausprobiert. ———→ Und da ging's gleich wieder los mit dem Gewummere.

BUMM!

Dann hat Jakob auch noch eine  Posaune ausgepackt und reingeblasen.

TRÖÖT!

Da hab ich ein bisschen **Kopfschmerzen** bekommen.

DÖÖD!
FIIIIIIEEEP
BÄNG
BINGBING
WUMMS!
BUMMBOMM!
TÄTÄÄRÄTÄÄÄ

Mama hat dann noch irgendwas geschrien. Ich glaub, sie wollte erzählen, dass die Instrumente Geschenke von Oma und Opa sind. Aber so ganz konnte ich das nicht verstehen bei dem Lärm.

Also, ich hätte ja nicht gedacht, dass es noch schlimmere Geräusche geben kann als die von meiner Blockflöte.
Aber jetzt weiß ich's ganz genau:
Es gibt noch viiiel SCHLIMMERE. ECHT!
Viel *LAUTERE* vor allen Dingen!

RAZONG! DISSS!
QUiiiETSCHQUÄÄCK

Deshalb bin ich lieber in die Küche gegangen, wo Papa schon am Tisch saß und einen Kaffee getrunken hat. Ich hab mir Orangensaft eingeschenkt und dann haben wir beide bloß dagesessen und nichts gesagt.
Wir hätten ja sowieso kein Wort verstanden.

FUMP!   DÄDÄÄH!
BUMMBUMMBUMM

Später kam dann auch Mama mit den Jungs rein und wir wollten Geburtstagstorte essen. Mama hatte eine **Pfannkuchentorte** gebacken. ☺ Wir haben gejubelt und mit den Gabeln rumgeklappert, nur Papa nicht.

JAAAAAAAA!
DENG DENG DENG

Der hat immer noch **mürrisch** geguckt, und zwar, weil er lieber Apfelkuchen 🍰 mag.

Die Jungs mussten erst mal die Kerzen auspusten, jeder neun. Leider hat Jakob aus Versehen elf Kerzen auf einmal ausgepustet, sodass für Simon nur noch sieben übrig geblieben sind.

Da hat Simon Jakob mit seinen Trommelstöcken auf den Kopf gehauen und Jakob hat geschrien und Simon an den Haaren gezogen.

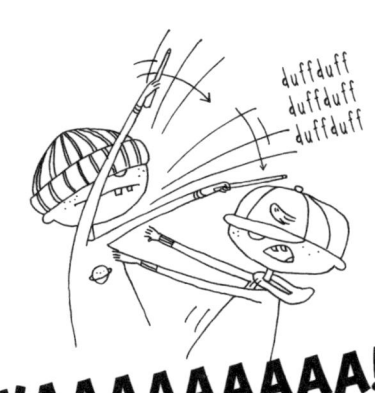

duffduff
duffduff
duffduff

WAAAAAAAAA!

Aber die Pfannkuchentorte war total  LECKER! Hmmm!

Bloß Papa hat ein bisschen rumgemeckert, nur weil da ein paar Wachsflecken obendrauf waren. Dabei konnte man die ganz leicht abkratzen.

Wachsflecken

Aber da war Papa mal wieder bockig. Er hat sich lieber ein Käsebrot geschmiert. Ich glaub, er hatte einfach einen schlechten Tag. ☹

Nach dem Frühstück haben die Jungs sofort wieder Posaune und Schlagzeug gespielt. **KAWUMM! PUUP! MÖÖÖÖP! WOMMSDENGEL!**

Da ist Papa ziemlich *hektisch* geworden und wollte schon mal losfahren zur Schule. Er ist ja Lehrer.

10

 **ZiNGZONG! ZACK!** Ich hab schnell meinen Schulrucksack geholt und hab gefragt, ob er mich mitnimmt. Obwohl, eigentlich hab ich ihn mehr **angeschrien** als gefragt.

Will mit!

Auf dem Weg zu meiner Schule haben wir immer noch nicht geredet. Weil das nämlich total schön war, so ruhig.

Ruhe

seufz!

Auch vor der Günter-Graus-Gesamtschule war es noch ganz ruhig. Und zwar, weil es Viertel nach sieben war und die Schule geht erst um acht los. Da hab ich mich auf eine Bank gesetzt und gewartet. *zzzzzzzz*

Nachmittags sind Oma  und Opa zu Besuch gekommen.

Aha! Da ist ja Jakob, das Geburtstagskind!

Lauter, Liebes! Opa hört doch ein bisschen schwer!

Ich bin Simon.

Als ob Simon taub wäre. *tok tok*
So ist das immer mit Oma und Opa. Aber ich hab mich total gefreut, dass sie da waren. Vor allen Dingen, weil sie mir was mitgebracht haben, nämlich eine Tafel Schokolade. Und das, obwohl doch meine Brüder Geburtstag hatten.

Dann wollten wir Kuchen essen, aber erst
mal sagte Oma, dass die Jungs und ich etwas
vorspielen sollen.

Lasst doch mal hören, die schönen neuen Instrumente von Oma und Opa.

Also hab ich meine
indische Blockflöte geholt,
auch wenn die nicht mehr
so neu ist und auch gar
nicht von Oma und Opa.

Ein bisschen **Angst** hatte ich schon,
vor dem Vorspielen, meine ich.
Weil doch immer was **Komisches**
passiert, wenn ich in die Flöte puste.

Jakob wollte, dass wir **Fluch der Karibik**
vorspielen. Da hat Simon ihn
wieder mit seinen
Trommelstöcken
gehauen.

Er wollte nämlich
lieber die **star-wars-**
Musik trommeln.

Dabei ist das völlig egal, was wir spielen wollen, weil wir doch sowieso keine richtigen Lieder aus unseren Instrumenten rauskriegen.

Darum hab ich schon mal angefangen, in die Flöte zu blasen. Ich hab gedacht, wenn die Jungs erst mal spielen, hört man mich sowieso nicht mehr. Und so war das auch.

Simon hat so doll auf die Trommeln gehauen, dass ein Stock abgebrochen ist. Und Jakobs Posaune hat sich angehört, wie wenn ein Elefant stirbt.

TRÖÖPÖPÜÜÜöchz
BINGBONG
WAMM! KRAX

Als wir fertig waren, hatte ich so 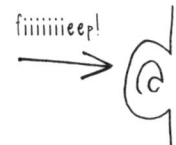 ein komisches Fiepen in den Ohren.

Und alle Fotos von den Jungs und mir waren von der Wand und hinters Sofa gefallen.

Und in der Scheibe von der Terrassentür war ein Sprung.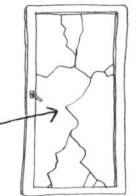

Und Oma hat ein Taschentuch aus ihrer Handtasche geholt und sich die Tränen abgewischt.

Sie ist ganz gerührt

hat Mama mir zugewispert. Aber das glaub ich nicht. Ich glaub eher, dass sie geweint hat, weil ihr die Ohren wehgetan haben.

Da hat Opa es besser. Der kann ja nicht mehr so gut hören.

Wann gibt's denn Torte?

hat er gefragt und war kein bisschen gerührt.

Mama hatte einen **Papageienkuchen** gebacken, mit Smarties obendrauf.

Er war blau und grün und rosa und Papa hat schon wieder so geguckt, als ob er sich ein Käsebrot  schmieren will.

Opa übrigens auch.

Gibt's keine anständige Torte?

hat er gemault und dann mit seiner Kuchengabel nach den Smarties gepickt.

Da war Mama ein bisschen **beleidigt**. Sie hat gesagt, dass das ein sehr schöner Kuchen für einen Kinder-geburtstag ist und dass sie ihn im Brotbackautomaten gemacht hat.

Das hat man aber auch geschmeckt, leider. Da war nämlich noch ein bisschen Kümmel drinnen, im Papageienkuchen. Vom letzten Brot.

Bäh!

Allerdings hat Mama schon viel schlimmere Geburtstagskuchen gebacken. Echt.
Am **GRUSELIGSTEN** waren:

1. der **Bio-Kuchen** „Hänsel und Gretel" mit Sägespänen und Pfeffer

2. die **Schokotörtchen** mit paniertem Kokos-Bierkäse

3. die **Salattorte** mit Eier-Lavendel-Curry und Gurken

4. die **marokkanische Torte** mit Dattelpaste, Minze und Salzzitronen

5. die **Melonen-Malzbier-Mandeltorte**

6. die **Schwarzwälder Kirschtorte** mit Mini-Tomaten (weil Mama vergessen hatte, Kirschen zu kaufen)

Abends, als Oma und Opa wieder weg waren und die Zwillinge zum Glück im Bett, hab ich mir meine Blockflöte noch mal angeguckt. Und ich hab mir vorgenommen, endlich mal in diesen indischen Laden zu gehen, wo Mama sie gekauft hat. Vielleicht können die mir sagen, was mit der Flöte los ist. Warum immer **komische** Sachen passieren, wenn ich auf ihr spiele. **Das muss ich jetzt wirklich mal wissen, das ist so was von dringend nötig!!!**

Obwohl ich glaub, das mit den Bildern und der Terrassentür heute, das waren die Jungs. 😁

MITTWOCH, DER 21. MÄRZ

Nur noch **drei Tage**
Schule bis zu den ➡ **Osterferien!**

Auf dem Schulhof haben wir uns heute darüber
unterhalten, was wir in den Ferien machen.
Die meisten aus der 5b bleiben zu Hause.
Meine **allerbeste Freundin** Cheyenne auch.

> **Voll cool!** Zwei Wochen nur rumgammeln und
> Fernsehen gucken. Und Ostereier essen, natürlich!

Chanell →

Da hab ich sie fast ein bisschen beneidet. Mama und Papa wollen nämlich mit uns auf einen **BIO-BAUERNHOF** in **BAYERN** fahren. ☹

Und dabei haben Jakob und Simon und ich doch beschlossen, dass wir auf eine Insel im Mittelmeer fliegen wollen, wo wir jeden Tag an den Strand gehen. Und wir sind ja nun wirklich in der **Überzahl**, oder?

Trotzdem haben Mama und Papa einfach bestimmt, dass wir nach **BAYERN** fahren.
Unfair! ☹ ☺ ☹

Natürlich macht **Berenike von Bödecker** mal wieder die tollsten Ferien von allen. Sie hat ja auch die reichsten Eltern und die hochnäsigste Nase und ein eigenes Pferd.

„Wir haben ein Chalet in der Schweiz gemietet", hat sie gesagt und ihre Haare dabei so dämlich geschüttelt. So wie diese Models im Fernsehen.

Und dann hat mir Cheyenne den Ellbogen in die Rippen gerammt und wir sind lieber schnell weggegangen, weil wir so lachen mussten. 😊 😊 Wir sind zu Paul rübergehüpft und haben ihn gefragt, ob er in den Ferien verreist.

Ich fahr zu meiner Oma an die Ostsee. Die hat ein großes Trampolin im Garten. Auf dem springt sie immer, um fit zu bleiben.

JUHUUU!

sproink!

hmmpfchchchihihi

Da mussten wir noch mehr lachen, Cheyenne und ich. Obwohl wir wirklich <u>versucht</u> haben, ernst zu bleiben. Also, ich auf jeden Fall. Schließlich sind wir ja eine Bande, Cheyenne, Paul und ich. DIE WILDEN KANINCHEN. Und da muss man aufpassen, worüber man lacht und so.

Besonders bei Paul, weil der so schnell **beleidigt** ist. Und das ist gar nicht gut, wenn Paul beleidigt ist, weil wir dann vielleicht wieder nicht in sein Baumhaus dürfen. Paul hat nämlich ein **total cooles Baumhaus** im Garten.

Aber jedes Mal, wenn ich Cheyenne angeguckt und an Pauls Oma auf dem Trampolin gedacht hab, musste ich wieder lachen.

chchchihihiHIHIHAHAHA

Da hat Paul irgendwas von „**blöde Hühner**" gesagt und ist weggegangen. Ich glaub, heute Nachmittag treffen sich DIE WILDEN KANINCHEN nicht in seinem Baumhaus.

Aber das ist auch nicht so schlimm, denn für heute Nachmittag hab ich ja sowieso schon einen anderen Plan: Ich geh zu dem kleinen indischen Laden, wo Mama meine Blockflöte gekauft hat, und frag mal nach, was mit der los ist. Ob es eine Zauberblockflöte ist oder so.

Ich hatte Glück, weil Mama sowieso in den Laden wollte. Um

Dabur Pudin Hara Lemon Fizz
Schnelle Hilfe bei Sodbrennen und Blähungen

zu kaufen.
Und

Sat-Isabgol-Flohsamenschalen
Gegen Verstopfung und Durchfall.

Für den Urlaub. In Bayern muss man schließlich darauf gefasst sein, dass es den ganzen Tag nur Weißwurst und Schweinshaxe zu essen gibt.

Da hab ich echt einen Schreck gekriegt!

Aber wir fahren doch auf einen **BIO-BAUERNHOF**, hast du gesagt!

Mama hat aber gemeint, dass es bestimmt auch **BIO**-Weißwurst und **BIO**-Schweinshaxe gibt.

 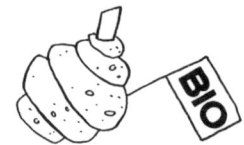

Also echt, da hatte ich schon gar keine Lust mehr auf die Ferien. Da ist mir sogar dieses Ajudingsbums-Gekoche von Mama lieber!

PUH! Als ich dann mit Mama in diesem indischen Laden war, da wollte ich am liebsten gleich wieder nach Hause.

Von innen hat der nämlich noch *komischer*
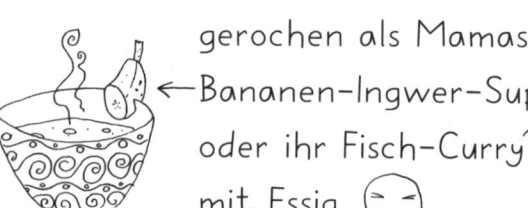
gerochen als Mamas
←Bananen-Ingwer-Suppe
oder ihr Fisch-Curry
mit Essig.

Es war ein bisschen dunkel und überall hat was vor sich hin geraucht. Mir ist irgendwie ganz dingelig 🌀 🌀 geworden. Kann sein, dass das auch an der **jauligen** Musik lag. Zuerst dachte ich, da wär vielleicht jemand einem Hund auf den Schwanz getreten. Aber dann hab ich so einen verstaubten CD-Player hinter der Theke gesehen. Da kamen wohl die Töne ♩ ♩ ♩ raus.

27

Mama hat sich gleich auf
so einen kleinen Topf im
Schaufenster gestürzt.
Vor dem stand ein Schild:

Handi mit Fuß
Stahl mit Kupferüberzug
⇨ 12,95 Euro ⇦

Stark reduziert.
Den nehme ich mit.

Ich hab sie gefragt,
wofür der gut ist.

Ist das ein
Kochtopf?

Mama wusste es auch nicht.

Aber wer bei dem Preis
nicht zuschnappt,
muss verrückt sein.

Da hab ich lieber den Verkäufer gesucht.

Er stand in einer Ecke hinter einem Regal mit DVDs und hatte einen Turban auf dem Kopf mit langen, dünnen Haaren drunter.

Wie kann ich helfen, Memsahib?

hat er so säuselig gefragt und sich dabei ein bisschen verbeugt. Ich glaub trotzdem nicht, dass er ein richtiger Inder war, sondern bloß ein verkleideter.

Turban

dünne Haare

säuselige Stimme

oranges Bettlaken

Und da hab ich ihm die Flöte gezeigt und gesagt, dass immer **komische** Sachen passieren, wenn ich reinpuste.

„**Ah**", hat er gesagt und mit dem orangenen Bettlaken geraschelt, das er anhatte.

Ein besonders schönes Stück. Bambus-Wurzelholz.

29

Und dann hat er mir was erzählt!
Dabei hat er sich immer umgeguckt und total
geheimnisvoll geflüstert.

Und zwar hat er gesagt,
dass man mit der Flöte
Schlangen **beschwören**
kann. Kobras nämlich.

flüster

Aber man muss die **richtigen** Töne spielen. Denn
sonst können unvorhersehbare Ereignisse eintreten.

Da war ich auf einmal ganz
schön **aufgeregt**, weil ich das
ja auch schon gemerkt hatte!

Dann hat mir der Verkäufer eine CD gegeben.
Vorne drauf stand **Schlangenbeschwörermusik**.

Und dann war da noch so
ein Bild mit einem indischen
Fakir und einer Schlange,
die getanzt hat mit dem
Kopf nach oben.

Schlangenbeschwörermusik

Der Verkäufer hat gesagt, wenn ich mir die immer anhöre und fleißig übe, dann kann ich auch bald Kobras beschwören. Wie der Fakir auf dem Bild. Und die CD kostet nur zehn Euro.

Ich wollte sie so gerne kaufen, aber ich hatte kein Geld mit. Da hab ich Mama gefragt, aber die hatte schon einen Korb voll mit

Punjabi Tinda in Salzwasser Babykürbisse aus Indien

und

Dabur Vatika Kokosnuss-Haaröl.

Und sie hat gesagt, ihr Geld reicht nicht, um auch noch eine CD zu kaufen.

Also, da bin ich aber so was von **stinkig** geworden! Für ihr **komisches Zeugs** hat sie immer genug Geld, aber wenn ich mal eine CD mit **Schlangenbeschwörermusik** haben will, dann ist keins da!

Ich hatte aber Glück! Der Verkäufer hat nämlich gesagt, dann schenkt er mir die CD eben, weil Mama seine **beste** Kundin ist. Da hab ich mich total gefreut!!! Endlich ist es mal für was gut, dass Mama so viel Kram kauft! 😊

Ich wollte sofort nach Hause und üben, wie man Schlangen beschwört, aber Mama hat mir erst noch eine Tasche gegeben und gesagt, ich soll ihr beim Tragen helfen. 😑

Boah, war die schwer! Ich hab reingeguckt und da waren drei Kilo

Haldiram's Gulab Jamun Traditionelle indische Milchbällchen

drinnen.

Und der 🏺 [Handi mit Fuß]. **Oh mann, Mama.**

Als wir nach Hause kamen, haben sich die Jungs gerade gelangweilt.

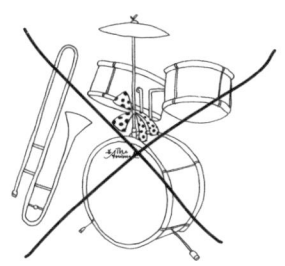

Papa hatte ihnen nämlich verboten, Schlagzeug und Posaune zu spielen.

Dafür saß er ganz zufrieden am Tisch und hat Diktate nachgeguckt.

Ich bin gleich in die Küche gegangen, zu unserem CD-Spieler, und hab

meine **Schlangenbeschwörermusik** eingelegt.

Die hat sich total **indisch** und ein bisschen nach Kobra angehört und ich hab sofort versucht, auch so zu spielen auf meiner Flöte.

total schlängelige Indienmusik

Aber da hat Mama gesagt, ich soll den CD-Spieler mit in mein Zimmer nehmen und dort Schlangen **beschwören**.

Und wenn ich schon dabei bin, kann ich auch gleich die Stücke aus „*Meine schöne Blockflötenschule*, Band eins" spielen, die ich üben soll.

Das ist ja mal wieder typisch Mama!
Da hatte ich wirklich gerade **überhaupt KEINE Lust** drauf. ⟶

Aber den CD-Spieler wollte ich trotzdem mitnehmen. Weil nämlich jetzt auch noch Papa in die Küche gekommen ist.

Dabei hat er gar nicht meine Musik gemeint.
Sondern den Handi mit Fuß.

Und die Babykürbisse
in Salzwasser.

In meinem Zimmer hatte ich dann wenigstens
Ruhe. Ich hab dann noch ganz lange Blockflöte
geübt. Komischerweise ist überhaupt nichts passiert.
Aber bald kann ich Schlangen **beschwören!**

DONNERSTAG, DER 22. MÄRZ

Heute Nacht hatte ich einen total **GRUSELIGEN ALBTRAUM.** Ich hab auf meiner Flöte gespielt und plötzlich kamen ganz viele Kobras aus dem Handi mit Fuß gekrochen und haben mich angezischt.

Sie hatten Sodbrennen und Blähungen und wollten sich einfach nicht von mir **beschwören** lassen!

FREITAG, DER 23. MÄRZ

Heute nach der 🥚🥚 Schule haben die **Osterferien!** angefangen. **Juchhu!!!**

Ich habe Cheyenne und Paul in der großen Pause gesagt, dass wir uns unbedingt noch einmal im Baumhaus treffen müssen, weil ich eine **tolle Überraschung** für sie hab.

⬇

Gestern hab ich nämlich so viel **Schlangenbeschwörung** geübt, dass ich das jetzt kann, glaub ich jedenfalls.

Und das wollte ich den beiden unbedingt vor den Ferien noch zeigen. Schließlich ist das ja bestimmt auch ganz schön **wertvoll** für so eine Bande, wenn jemand dabei ist, der Schlangen **beschwören** kann.

Um drei haben wir uns bei Paul getroffen und ich hab ihn gefragt, ob er vielleicht zufällig eine  Kobra hat. Oder eine andere Schlange, eine Schlingelnatter oder wie die heißt. Die geht bestimmt auch.

Aber Paul hatte keine Schlange.

Mann, ey, wieso hast du denn nicht vorher bei uns angerufen? Unser Kaninchen hat Würmer. Da hätte ich doch voll leicht ein paar mitbringen können!

Das war ja jetzt doof. Aber die Idee mit dem Wurm fand ich total gut.

Und zwar, weil Würmer ja fast aussehen wie kleine Schlangen. Und sie kommen auch öfters mal vor. Bestimmt sogar in Pauls Garten.

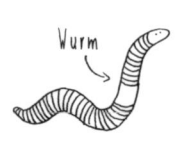

Wurm

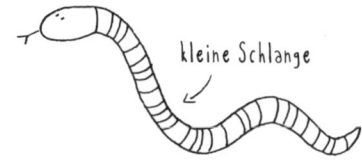

kleine Schlange

Also hab ich so lange gesucht, bis ich
einen Regenwurm gefunden hatte.

stöhn

Cheyenne hat mir dabei
geholfen, aber Paul hat nur
so geguckt, als ob wir nicht
ganz richtig im Kopf wären.

Dann sind wir hochgeklettert in Pauls Baumhaus.

Ich hab den Wurm auf eine Holzkiste gesetzt und
die Flöte rausgeholt. Dann hab ich angefangen zu
spielen, **Schlangenbeschwörermusik** natürlich.

Aber der Regenwurm hat sich **gar nicht** so hin-
und herbewegt, wie er sollte.
So mit dem Kopf nach oben,
wie auf dem Bild von der CD.

Er hat bloß ein bisschen rumgeschlängelt und
dann ist er von der Kiste gefallen.

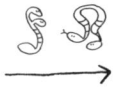   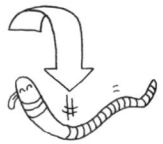

Was war das denn jetzt?

Und Cheyenne hat behauptet, der Regenwurm wäre gestorben, weil ich so **GRUSELIG** Flöte gespielt hab.

Ich wollte gerade **stinkig** werden und den beiden Doofis erst mal was über **Schlangen-beschwörung** erzählen, als wir einen **SCHREI** gehört haben. Und zwar aus Pauls Garten.

Natürlich haben wir sofort aus dem Baumhaus geguckt und da stand Pauls Mutter.

Pauls
Mutter

Die hat ihr Gesicht so mit den Händen festgehalten und auf den Rasen geguckt, immer von links nach rechts und wieder zurück.

Wahrscheinlich, weil da nicht mehr so viel Rasen übrig war. Stattdessen war unter dem Baumhaus plötzlich alles voll mit Maulwurfshaufen. Es hat ein bisschen ausgesehen wie ein Kartoffelacker.

Da hab ich gedacht, dass ich vielleicht doch noch ein bisschen mehr üben muss. So ein Fakir, der muss ja bestimmt auch ein paar Wochen üben, bis er Schlangen **beschwören** kann.

← muss noch üben

41

Paul hat **gemotzt**, dass ich schuld an den Maulwurfs-hügeln bin.

Ich und meine **blöde Flöte**.

Aber da hab ich ihm schnell versprochen, dass ich ihm eine Postkarte aus dem Urlaub schicke. Damit er nicht mehr böse ist.
Und Cheyenne kriegt natürlich auch eine.

so eine schicke ich an Paul

und so eine an Cheyenne

Abends haben Jakob, Simon und ich unsere Ruck-säcke gepackt. Weil wir ja am nächsten Tag losfahren wollten, nach **BAYERN**.

Allerdings passt in so einen Rucksack ja echt
nicht viel rein. Gerade mal:

○ Eine Blockflöte
○ Eine CD mit **Schlangenbeschwörermusik**
○ Helga, das Kampfschaf
   (mein Lieblings-Kuscheltier)
○ Mehr nicht.

Deshalb musste ich noch ein paar Plastiktüten
aus der Küche holen, für all die anderen Sachen.
Da waren aber gar nicht mehr so viele Tüten,
weil die Jungs sich auch schon welche geholt
hatten.

brauche mehr
Tüten →

Und dann hab ich gemerkt, dass ich jetzt doch
total gespannt war auf den **BIO-BAUERNHOF**!
Hoffentlich gibt es da ganz viele Tiere!

SAMSTAG, DER 24. MÄRZ

Wir sind schon ganz früh aufgestanden
und haben alles nach draußen getragen,
was wir mit in den Urlaub nehmen wollen.
Damit Papa es ins Auto →
packen kann.

Aber Papa hatte wohl schlechte Laune.

Er hat **rumgeschimpft**, dass unser ganzes Zeug
gar nicht in den Kofferraum passt und dass wir
jeder nur <u>einen</u> Rucksack mitnehmen dürfen mit
unseren Sachen. ☺

Und KEINE Plastiktüten.

Und Simon soll SOFORT sein
Schlagzeug wieder zurück
ins Haus bringen.

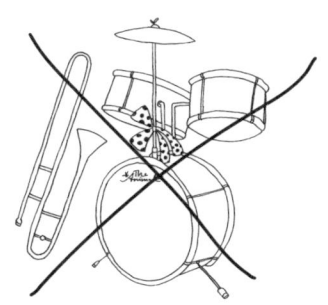

Und Jakob die Posaune.

Da haben die Jungs natürlich losgeheult und nach Mama **geschrien.**

Aber Mama hatte gerade selbst Probleme mit Papa.

Sie musste nämlich auch ihre ganzen Sachen wieder umpacken. 😉

Und sie konnte sich nicht entscheiden, ob sie ihre Körperfettwaage oder die Rolle mit den Duft-Müllbeuteln zu Hause lassen sollte.

Als wir schließlich loskamen,
war es schon nach halb neun.

Natürlich haben Jakob und Simon sofort wieder
angefangen, sich zu **streiten** und zu **kloppen.** Ich
hab zuerst ein ferngesteuertes Boot 
gegen den Kopf gekriegt und  dann die
Antenne von der Fernsteuerung in die Nase.

Da hab ich zurückgehauen und die Jungs haben geschrien und Papa hat auch geschrien, weil er die Verkehrsnachrichten im Radio nicht verstehen konnte. Mann, war das ein **KRACH**.

Zum Glück hatte ich **voll die gute Idee!**

Und zwar hab ich Mama  meine **Schlangenbeschwörer**-CD nach vorne gegeben, damit sie die in den CD-Spieler legt.

Damit Jakob und Simon **beschwört** werden und sich nicht mehr streiten.

Leider hat das **nicht so** gut geklappt. ☹

Die Jungs waren nämlich genau so **zappelig** wie
vorher. Sie haben gespielt, dass sie Schlangen
sind und wollten mich immer beißen.

Und zwischendurch haben sie so **jaulige** Töne
gemacht, die sich ein bisschen angehört haben
wie die **Schlangenbeschwörermusik**.

Dann hat plötzlich auch noch
der  Motor gedampft und

Papa musste an die Seite von
der Autobahn fahren und
den Pannenservice anrufen.

 Als die kamen, haben Jakob und Simon erst mal das gelbe Abschleppauto bewundert.

Die fanden das total toll und haben gefragt, ob es das auch in ferngesteuert ⊙ gibt.

Irgendwann war der Wagen wieder heil 🩹 und wir konnten weiterfahren. ☺ Aber wegen der Panne war es schon ganz schön spät, als wir endlich die ersten Berge gesehen haben. Also, richtige Berge, mein ich, mit (Schnee) obendrauf.

 Als wir beim **BIO-BAUERNHOF HOCHHOLZER** ankamen, war Papa auch endlich wieder gut gelaunt. Er hat erzählt, wie gut die Luft hier ist und auf wie viele Berge er steigen will.

Mama war voll begeistert von den ganzen **BIO**-Tieren, die hier rumlaufen. Ich auch, übrigens! 😄

Auf dem Hof gab es nämlich total **viele Tiere** und andere **tolle Sachen**:

☆ **Ziegen** und **Hühner**, die ja eher langweilig sind.

✪ **Katzen** mit **Kätzchen** und **Schafe** mit ganz kleinen **Lämmern**, die so sÜß rumgesprungen sind.

✪ Ein großes **Pferd**, auf dem man ja vielleicht auch mal reiten kann.

✪ Einen tollen **Kletterbaum**.

✪ Zwei **Kinder**, die aussehen als könnten sie nett sein.

✪ Billy den **Biber**.

Billy stand bei uns im Treppenhaus vor der Ferienwohnung und Mama hat behauptet, er sei ein Murmeltier. Auf jeden Fall war er ausgestopft.

Ich hab ihm **Mamas Sonnenbrille** aufgesetzt und Jakob und Simon damit **erschreckt.** Sie haben auch ganz schön **geschrien.**

Wahrscheinlich, weil Billy so lange **Vorderzähne** hat.

Vielleicht auch, weil er ein bisschen so ausgesehen hat wie Mama, mit der Sonnenbrille.

knurps

Das einzige Doofe war nur, dass die Ferienwohnung ein bisschen klein war. Deshalb musste ich mir ein Zimmer zusammen mit den Jungs teilen. **AUWEIA!**

Trotzdem war aber alles total gemütlich, mit Holz  überall und einem Balkon und einem kleinen Jesus in der Ecke über dem Esstisch.

Holz

mein Zimmer

unser Balkon (Holz)

Ich wollte erst mal die Sachen aus meinem Rucksack in die Kommode neben meinem Bett packen, aber ich bin kaum noch in unser Zimmer gekommen, weil Jakob und Simon schon ihr Zeugs ausgepackt und auf dem Boden verteilt hatten.

mein Bett

Fenster mit Aussicht

das Stockbett von den Jungs

hier liegt überall das Zeugs von den Jungs

meine Kommode

Tür

Tisch

Schrank

Auf meinem Bett lag auch schon was, und zwar
ein paar Kampfdroiden.

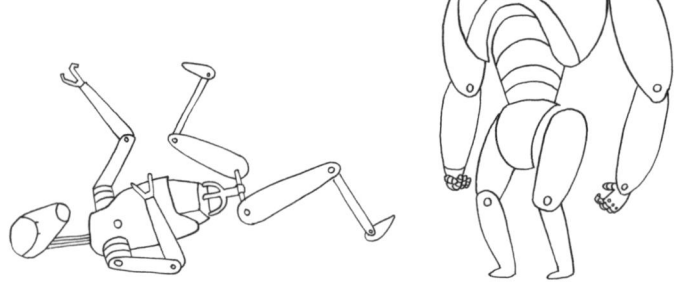

Und es wurde sogar noch **schlimmer**.

Als ich abends schlafen gehen
wollte und die Bettdecke
zurückgeschlagen hab, da
lag Billy und hat mich
so **glitzerig** angeguckt mit
seinen langen Zähnen und Mamas Sonnenbrille.

**BOAH, HAB
ICH EINEN
SCHRECK
GEKRIEGT!**

MONTAG, DER 26. MÄRZ

Heute Morgen bin ich davon aufgewacht, dass ganz viele Schafe gemäht haben.

Erst wusste ich gar nicht, wo ich war, aber dann ist  es mir wieder eingefallen:

in **BAYERN**, auf dem **BIO-BAUERNHOF HOCHHOLZER!**

Da bin ich sofort aus dem Bett gesprungen.

Ich finde das total schön, von Schafen geweckt zu werden. Das möchte ich am liebsten jeden Tag!

Was ich <u>nicht</u> jeden Tag möchte, ist Ziegenmilch zum Frühstück. Auch nicht mit ganz viel Kakaopulver drinnen.

Und Ziegenkäse, der schmeckt mir
auch nicht so. Auch wenn er **BIO**
ist und ganz was Tolles. 😝
Das sagt Mama auf jeden Fall.

Nach dem Frühstück sind meine
Brüder und ich rausgelaufen,
um uns erst mal den Hof an-
zugucken. Frau Hochholzer, die
BIO-Bauersfrau, hat uns die
Schafe gezeigt.

Wir sind mit ihr auf die Weide gegangen und
haben gesehen, wie die Lämmchen getrunken
haben. Das war so SÜß!

Dann haben die Jungs die **BIO**-
Ziege mit den krummen Hörnern
entdeckt, die vor der Schafweide
an einem Seil festgemacht war.

Und die **BIO**-Ziege hat
die Jungs entdeckt.

Sie hat auf einmal aufgehört
zu fressen und Jakob
und Simon angestarrt.

Und dann hat sie den Kopf
gesenkt und ist losgerannt,
um die Jungs mit ihren
Hörnern umzuschubsen.

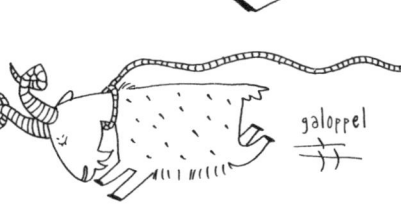

galoppel

KREISCH!

Die beiden haben einen
Mordsschreck
gekriegt und gebrüllt.

Aber das Seil war zu kurz.

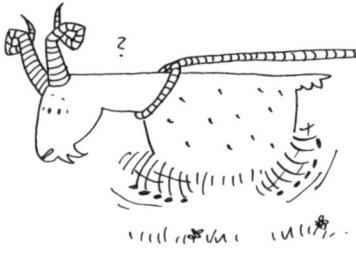

Und da ist die Ziege in der Luft hängen geblieben und dann auf den Boden ⌐ gefallen.

Jakob und Simon mussten voll lachen. Dann haben sie die Ziege geärgert, damit sie das noch mal macht.

HAHAHA

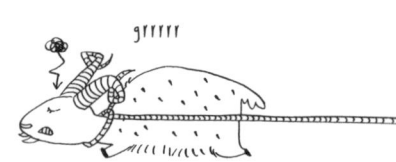

Ich bin lieber zu den Katzen gegangen und hab mir die kleinen Kätzchen angeguckt. Die lagen im Schuppen in einem Korb. Die ganze Zeit sind sie durcheinandergewuselt und sahen noch süßer aus als die Lämmer.

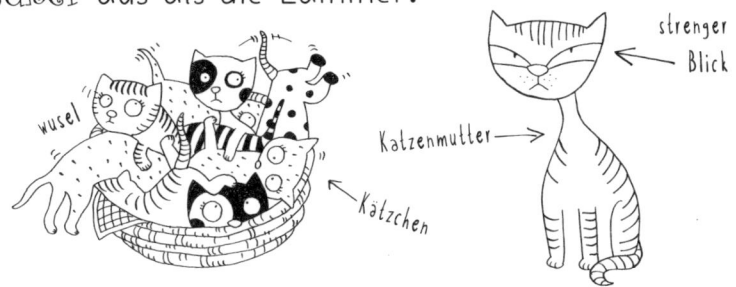

strenger Blick

wusel

Katzenmutter →

← Kätzchen

Am liebsten hätte ich eins auf den Arm genommen. Aber ich hab mich nicht getraut. Neben ihnen saß nämlich die Katzenmutter und hat so streng geguckt.

Da ist mir zum Glück meine Block-flöte eingefallen.
Ich hab sie aus der Jackentasche geholt und ein bisschen **Schlangen-beschwörermusik** gespielt.

Da haben die Kätzchen aufgehört zu wuseln und haben mich angeschaut.

wusel

Gleich fangen sie an zu tanzen, hab ich gedacht und noch ein bisschen **indischer** gespielt. Aber stattdessen sind sie doch wieder nur rumgewuselt.

Dann hatte ich keine Zeit mehr, die Katzen zu beschwören. Ich hab nämlich plötzlich die Jungs **kreischen** gehört und bin rausgelaufen.

Da hab ich gesehen, dass die Ziege sich losgerissen hatte und die beiden mit ihren Hörnern durch den Garten gejagt hat.

KREISCH!

Jakob und Simon konnten sich gerade noch auf den Kletterbaum retten.

Ich hab dann noch etwas anderes gesehen, und zwar Mama. Die hatte sich als **BIO**-Bäuerin verkleidet, mit Latzhose und geflochtenen Zöpfen. Und solchen Öko-Latschen an den Füßen.

Zöpfe

Latzhose

Öko-Latschen

 Gerade hat sie mit Frau Hochholzer die Hühner gefüttert.

Da hab ich mich schnell ins Haus geschlichen, weil ich das **TOTAL PEINLICH** fand, **echt!**

 stöhn!

Papa war in unserer Ferienwohnung und hat aus dem Fenster geguckt, runter zu den Hühnern. Er fand das nämlich auch peinlich. Deshalb wollte er auch nicht rausgehen, sondern lieber mit uns in den nächsten Ort fahren, damit wir alle Wanderstiefel kriegen.

Das haben wir dann
nachmittags gemacht.
Mama sah **zum Glück**
inzwischen wieder normal aus.

keine Zöpfe ➘

Wir sind in ein Sportgeschäft gefahren. Dort
haben wir jeder mindestens fünf Paar Schuhe
anprobiert, weil es nämlich wichtig ist, dass sie
gut passen, hat Papa gesagt.

Der ganze Boden im Sportgeschäft war voll mit
unseren Schuhen. Ich hab ein Paar bekommen,
die waren grün und braun.

Bloß auf der Rückfahrt hab
ich einen **SCHRECK** gekriegt.

Als nämlich Papa erzählt
hat, dass er mit uns auf
den **Hochkofl** steigen will.
Und zwar schon morgen.

Ich glaub nämlich, dass der **Hochkofl** ein sehr hoher Berg ist. 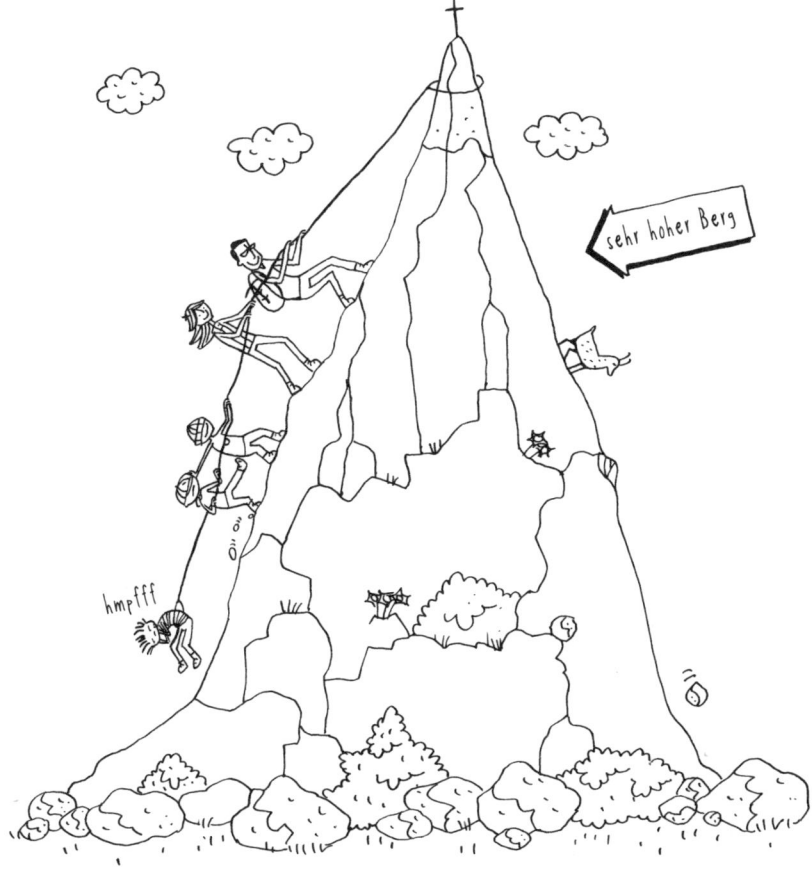 Sonst hätte Papa sich bestimmt nicht so begeistert angehört. Und Seile und einen Eispickel und ein Erste-Hilfe-Set Erste Hilfe hätte er sonst bestimmt auch nicht gekauft.

sehr hoher Berg

hmpfff

Vielleicht regnet es ja morgen und wir können ins Schwimmbad fahren.

Als wir wieder auf dem Hof waren, haben wir
die **BIO**-Kinder von den Hochholzers getroffen.

Der Junge heißt Maxl
und ist ein bisschen älter
als ich. Er hat auf einer
Bank vor dem Garten-
häuschen gesessen und
was geschnitzt.

glotz glotz

Jakob und Simon sind stehen
geblieben und haben zugeguckt.
Ich glaub, sie waren **total**
beeindruckt. Bestimmt betteln
sie nachher den ganzen Abend
nach Schnitzmessern.

Ich war auch beeindruckt. Aber von Maxls
Schwester Leni. Die ist noch
ziemlich klein. Höchstens sechs.
Aber sie hat ganz allein die
BIO-Ziege mit den
krummen Hörnern
über den Hof geführt!

← supercool!

Zuerst wollte ich sie fragen, ob ich ihr helfen
soll. Aber ich hab mich nicht getraut.

Als die Ziege dann im Stall war, haben wir
zusammen das große Pferd gestriegelt.

Das hat voll Spaß gemacht!

Vor allem, weil es auch LOTTA heißt, das Pferd!

kann hier beißen

kann hier treten

Bloß die Hufe, die musste Leni auskratzen.
Weil ich ein bisschen **ANGST** hatte, dass
Lotta mich tritt.

Den Rest des Abends haben die Jungs dann nach
Schnitzmessern gebettelt.

DIENSTAG, DER 27. MÄRZ

Ich hatte ja gehofft, dass Papa das bis heute vergessen hat mit dem **Hochkofl**.

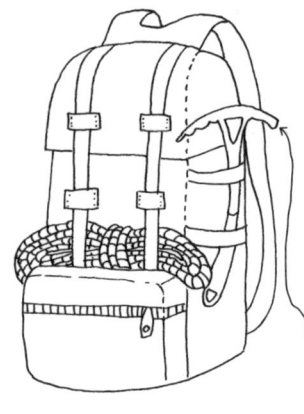

Aber als ich aufgestanden bin, hat er gerade ein Fernglas in den großen Wanderrucksack gepackt. An der Seite war schon der Eispickel festgemacht.

Da ist mir ein bisschen **SCHLECHT** geworden.

Die Jungs sahen auch nicht so nach Wandern aus. Sie wollten lieber hierbleiben und mit Maxl schnitzen.

Aber Papa hat gesagt, das kommt gar nicht infrage.

 NEIN!

bockig

Schließlich hätten wir ja alle die teuren Wanderstiefel gekriegt. Und wie gut uns die klare
Bergluft tun würde. ⊝

Mama hat gar nichts gesagt. Aber dafür hat
sie lauter gesundes **BIO**-Essen in den Rucksack
gepackt. Äpfel  und Ziegenkäsebrote
und Müsliriegel <u>ohne</u> Schokolade.

Die Fahrt zum **Hochkofl**
war schon mal gar nicht
schön. Die Straße hat so
viele Kurven gemacht, als
wir einen Berg raufgefahren
sind. Papa hat gesagt, dass
das Serpentinen sind.

Aber das war mir egal, wie die heißen, weil mir
TOTAL SCHLECHT geworden ist.

frische Luft

Deshalb mussten wir
in einer Kurve eine
Pause machen, damit
ich frische Luft
schnappen konnte.

Als wir weitergefahren sind, ist Jakob **SCHLECHT** geworden und wir mussten noch eine Pause machen.

Dann ist auch noch Simon **SCHLECHT** geworden und da war Papa so langsam ganz schön **stinkig** und hat immer auf die Uhr geguckt.

Dabei können wir ja wohl nichts für diese **komischen** Serpentinen! Und überhaupt war das _nicht_ unsere Idee mit dem **Hochkofl**!

Als wir auf dem Parkplatz beim **Hochkofl** waren, hatte Simon Durst und Jakob musste aufs Klo. Papa hat die Augen verdreht und gestöhnt.

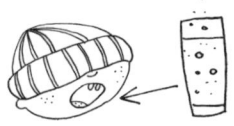 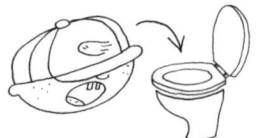 

stöhn

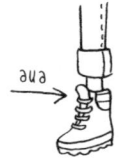

Als ich dann noch gesagt hab, dass mein linker Schuh so ein bisschen am Knöchel drückt, hat Papa sich den Rucksack gegriffen und ist losgestapft.

Da mussten wir ja hinterher.

Am Anfang war die Wanderung ganz schön **langweilig.** Weil wir nämlich nur zwischen Bäumen rumgelaufen sind. Und dann war der Weg auch noch besonders **lang,** weil er nämlich nicht gerade ⬆ den Berg hochging. Sondern schon wieder in Serpentinen.

Simon hat sich auf einen
Stein gesetzt und gesagt,
dass er nicht weitergeht,
weil er müde ist. Und dann
hat er geschrien, weil wir
ihn alle überholt haben.

müde

Danach hatte Jakob
Durst und Hunger, aber
auf Schokolade und nicht
auf einen ekligen
Müsliriegel mit Früchten.

Und mir hat jetzt der rechte Fuß
wehgetan und nicht mehr der linke.

aua

Da hat Mama gesagt, dass
uns die frische Bergluft gut-
tut und gesund für uns ist.

Dabei hat sie so geblinzelt,
weil die Sonne
zwischen den
Bäumen durchschien.

70

Und dann hat sie in ihrer Tasche gekramt und sich gewundert, wo ihre Sonnenbrille  ist.

Aber die hatte ja noch Billy auf, der Biber.

Papa hat tief eingeatmet und gesagt, wir sollen uns doch bloß mal umschauen, wie schön es hier ist. Und wie gut die Luft ist.

Aber so viel konnten wir gar nicht sehen, wegen der Bäume. 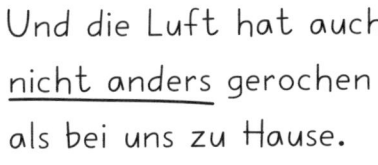 Und die Luft hat auch nicht anders gerochen als bei uns zu Hause.

Aber irgendwann sind wir
dann aus den Bäumen
rausgekommen und (da)
konnten wir wirklich weit
gucken. **Boah, waren
wir weit oben!**

Leider konnte man von hier aber auch sehen,
dass die Berghütte noch viel weiter oben
war als wir. Und der Weg war jetzt echt steil.
Da hab ich gesagt, dass ich nicht mehr kann,
und Simon musste aufs Klo und Jakob haben
die Füße wehgetan.

Deshalb hat Mama erst mal ganz viele Fotos
von uns gemacht, damit wir uns wieder ein
bisschen erholen können.

Und wir haben beim Erholen ganz viele **Faxen** gemacht, damit die Bilder auch schön werden.

Danach sind wir weitergewandert. Zum Glück lag auf dem Weg immer mehr ✳ ✳ Schnee. Weil wir so hoch in den Bergen sind, hat Papa erklärt. Dann hat er die Jungs mit Schneebällen beworfen und da haben sie **gekreischt** und sind weggerannt.

KREISCH!

Mama und Papa sahen sehr vergnügt aus. Mama hat wieder jede Menge Fotos gemacht und Papa hat in der Sonne gestanden und gegrinst.

Die Berghütte war ganz furchtbar weit oben.

Während wir immer höher gestiegen sind, hab ich plötzlich **Angst** bekommen, dass ich vielleicht ersticke.

Auf so hohen Bergen wie dem Mount Everest gibt es ja schließlich fast keine Luft mehr. Der Schnee wurde auch immer mehr.

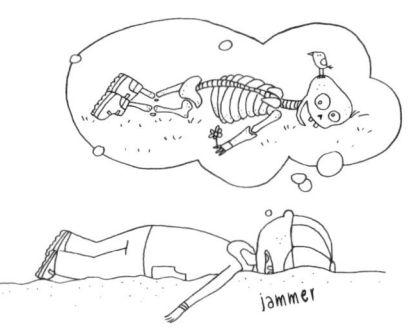

jammer

Jakob ist in den Schnee gefallen und hat gesagt, jetzt **erfriert** er und erst im Sommer wird man seine Leiche finden.

Und Simon ist auf seinen Knien vorwärtsgekrochen und dann hat er **geheult**, weil seine Hände kalt waren und die Knie auch.

heul

Mama und Papa haben aber so getan, als würden sie <u>nichts</u> davon mitkriegen. Sie fanden immer noch alles **total schön**. Die gute Luft und den tollen Ausblick und so.

Mama hat ganz viele Berge fotografiert und Papa hat gesagt, wer als Erster an der Hütte ist, bekommt eine **Überraschung.**

← jippie!

Da sind wir losgerannt, die Jungs und ich.
Fast hätte Simon mich noch überholt, aber dann
ist er über einen Zaun gestolpert, den er im
Schnee nicht gesehen hat.

In der Berghütte war es total warm ☺ und
gemütlich. Papa hat Leberkäse 🟫 bestellt
und Mama Frittatensuppe.

Frittaten?

Da hat es mich ein bisschen **gegraust**, weil ich
gedacht hab, dass Frittaten vielleicht **geröstete
Käfer** sind, und ich hab lieber Kuchen und Kakao
bestellt. Die Jungs auch, übrigens.

Als die Frittatensuppe kam, waren da so klein
geschnittene Pfannkuchen drinnen. **Lecker!**
Das hätte Mama ja auch gleich sagen können!

Dann durfte ich mir ja noch eine Überraschung aussuchen, weil ich als Erste da gewesen bin. Leider gab es in der Hütte nur Postkarten mit Wolpertingern drauf zu kaufen. Und Wolpertinger sind Tiere, die aus anderen Tieren zusammengesetzt worden sind. Das fand ich ziemlich **doof**, so als Überraschung. 😐

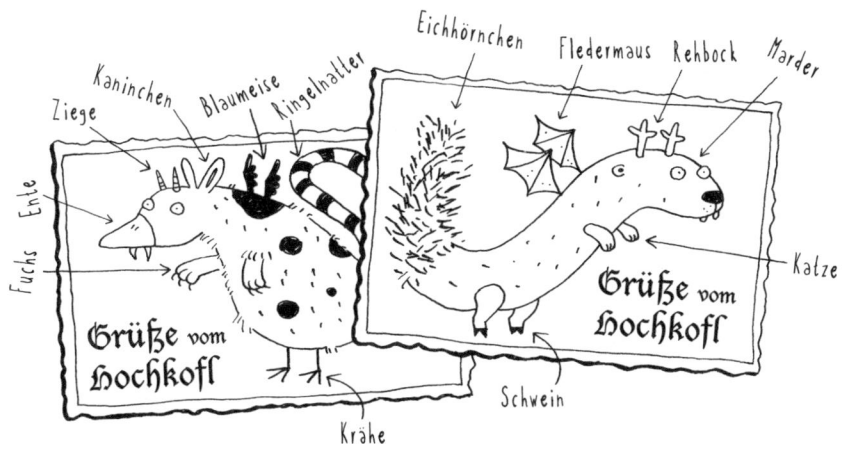

Obwohl, ich konnte die Jungs mit dem Bild voll gut erschrecken. 😊

Die wollten nämlich anschließend nicht mehr rausgehen, weil sie **Angst** hatten, dass wirklich Wolpertinger in den Bergen rumlaufen.

Aber nach dem Essen sind wir doch rausgegangen, um zu spielen.

Mama und Papa sind am Tisch sitzen geblieben und haben nichts mehr gesagt. Sie haben sich auch nicht mehr bewegt. Sie sahen auf einmal beide sehr ‹müde› aus und gar nicht so, als würden sie die tolle Aussicht genießen.

Draußen war noch so ein kleiner, steiler Berg mit einem Kreuz obendrauf.
Da haben Jakob, Simon und ich **Erstbesteigung des Mount Everest** gespielt.

Yeti →

Dann sind wir auf dem
Po wieder runtergerutscht.

Wolperlinger →

¡¡ippiiiieee!

Simon

Jakob

Und dann haben wir
**Zweitbesteigung des
Mount Everest** gespielt.

Wir haben den Mount Everest ganz schön oft bestiegen, bis Mama und Papa aus der Berghütte kamen und gesagt haben, dass wir wieder runtermüssen. Da hab ich gemerkt, dass ich ganz schön müde war vom ganzen Bergsteigen. Und Jakob und Simon mussten schnell noch mal aufs Klo.

Aber Papa und Mama haben wieder so getan, als würden sie uns gar nicht hören.

Auf dem Rückweg haben sie dann **gar nichts mehr** von der guten Luft und der schönen Aussicht erzählt. Mama ist so schlurfig gelaufen, obwohl sie immer sagt, dass die Schuhe davon kaputtgehen.
Papa ist noch **komischer** gelaufen und ab und zu hat er gestöhnt.

Die Jungs und ich haben zwischendurch immer mal wieder
gesagt, dass wir müde
sind und unsere Füße
wehtun und dass wir
Durst haben.

Aber irgendwie hat keiner reagiert und da haben
wir das dann eben gelassen.

Als wir wieder beim Auto
angekommen sind, war es
schon ein bisschen dunkel. Papa
hat furchtbar **gestöhnt** und
sich sofort seine Wanderstiefel
ausgezogen und auch die Socken.

Oh-oh, da waren ganz schön viele (Blasen!)
Dann hat er die Socken wieder angezogen und
ist ohne Schuhe 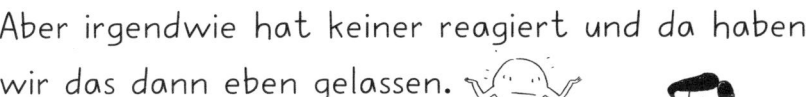 zurück zum
BIO-BAUERNHOF gefahren.

Heute sind Mama und Papa vor
den Jungs und mir ins Bett gegangen.

FREITAG, DER 30. MÄRZ

Bäh! Also, so langsam hängt mir das **BIO**-Frühstück mit **Ziegenmilch** und **Ziegenkäse** echt zum Hals raus! Ich hab gefragt, ob wir nicht Schokobällchen im Supermarkt kaufen können, und die Jungs haben gejubelt.

juchhu!

Aber Mama hat nur so grimmelig geguckt und **Nein** gesagt. Dazu sind wir doch extra auf einen **BIO-BAUERNHOF** gefahren, hat sie gesagt. Wegen des gesunden Essens und der guten Luft und so.

Und heute zeigt uns Herr Hochholzer, wie man den leckeren biologisch-dynamischen Ziegenkäse herstellt.

Dabei hat sie gestrahlt, als ob sie sich gerade selbst eine Ziege gekauft hätte. Damit sie zu Hause auch Ziegenkäse machen kann.

Da hat Papa leise gestöhnt.

Seit der Wanderung auf den Hochkofl sieht er irgendwie nicht mehr so *dynamisch* aus wie vorher. Ich glaub, er hat immer noch Muskelkater und Blasen an den Füßen.

Ich wollte heute eigentlich mit euch ins Museum gehen. Damit die Kinder mal ein bisschen bayerisches Brauchtum kennenlernen.

COOL!

Dabei finden sie bayerisches Brauchtum bestimmt genauso **langweilig** wie ich.

Aber alles ist besser als biologisch-dynamische Ziegenkäseherstellung. Nur Mama hat ein bisschen geschmollt.

Nach dem Frühstück sind wir in den nächsten Ort gefahren, Papa, Jakob, Simon und ich. Ich glaub, Papa war genauso froh wie wir, dass er keinen Käse herstellen musste.

Leider war der Ort ziemlich klein und es gab nur ein einziges Museum. Und zwar ein Brauereimuseum.

„Ah, ein ganzes Museum über die Kunst des Bierbrauens!", hat Papa gerufen und schon wieder ein bisschen *dynamischer* ausgesehen.

Aber ich musste ein bisschen gähnen. Ich weiß nämlich nicht, was ich **langweiliger** finde: wie man Ziegenkäse herstellt oder wie man Bier braut.

Im Museum gab es Bierkrüge zu gucken. Und zwar viertausend verschiedene. Auf drei Etagen.

Papa fand die total gut, aber die Jungs und ich sind immer bloß mit dem Fahrstuhl hoch- und runtergefahren. Und dann haben wir ausprobiert, was schneller geht, Fahrstuhl oder Treppe. Treppe hat meistens gewonnen.

schneller

Zum Schluss waren wir im Museums-laden, wo es hauptsächlich Bierkrüge zu kaufen gab. Papa hat sich gleich **zwei** ausgesucht und seine Augen haben geleuchtet.

Er hat ausgesehen wie Jakob und Simon, als sie den ferngesteuerten Roboter zu Weihnachten gekriegt haben.

Ich wollte Postkarten haben und zwar für Cheyenne, Paul und Oma und Opa. Aber auch hier gab es nur komische Karten. Überall waren nämlich Bierkrüge drauf. Ich hab trotzdem drei gekauft.

Dann sind wir wieder zurückgefahren. Auf dem Hof war das Wetter total schön ☀ und Maxl hat auf seiner Bank gesessen und geschnitzt. Und er hat gesagt, wir sollen herkommen, dann zeigt er uns, wie das geht.

Kummt's amoi do hea, nocha zoag i eich, wia's gähd.

JAAAAAAAA!

Die Jungs sind sofort hingelaufen, aber ich wollte lieber meine Flöte holen und noch ein bisschen **Schlangenbeschwörung** üben. ☹

Damit ich es kann, wenn sich **DIE WILDEN KANINCHEN** nach den Osterferien wieder in Pauls Baumhaus treffen.

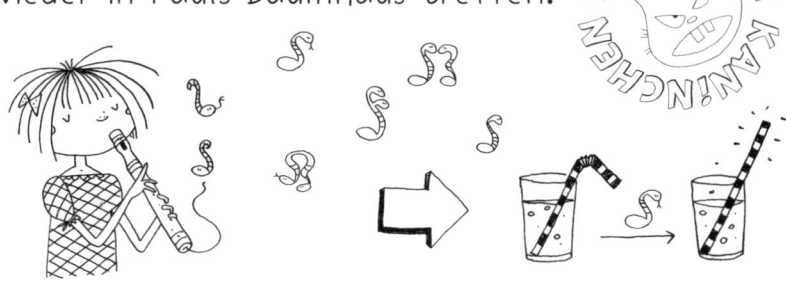

Als ich nach oben in die Ferienwohnung kam, war nur Papa da. Mama hat nämlich immer noch Ziegenkäse hergestellt.

Papa war gerade dabei, seine neuen Bierkrüge auszupacken, ganz vorsichtig. Dabei hat er immer noch so glücklich gegrinst.

Ich hab mir meine Flöte geschnappt und bin wieder runtergerannt. Dann hab ich mich umgeguckt, und zwar nach einer Schlange. Oder einem Wurm. Leider hab ich nichts **SCHLÄNGELIGES** gefunden.

 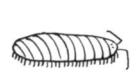   

Aber dafür war die **BIO**-Ziege da.
Sie hat mich **böse** angeguckt
und mit den Hufen gescharrt.
Aber zum Glück war sie wieder
am Zaun festgebunden.

scharrscharr

Da hab ich mir gedacht, dass es nicht schaden
kann, wenn ich sie beschwöre. Weil sie dann
vielleicht mal etwas zutraulicher wird.

Ich hab mich vor sie hin-
gehockt, aber lieber ein
bisschen weiter weg, damit
sie mich nicht mit ihren
Hörnern stoßen kann. Und
dann hab ich **Schlangen-
beschwörermusik** gespielt.

Es hat sich auf jeden Fall schon fast
genauso angehört wie auf meiner CD.

Die Ziege ist auch total
steif stehen geblieben
und hat nur geguckt.

Genau wie die ganzen Schafe hinterm Zaun.
Die haben aufgehört zu mähen und sich zu mir
umgedreht, alle auf einmal.
Sogar die ganz kleinen Lämmer.

SO HAT SICH NOCH NIE JEMAND FÜR MEINE MUSIK INTERESSIERT!
Cool! Ich hab schon gedacht,
wenn die gleich alle anfangen,
so hin und her zu tanzen, dann
schrei ich vor Glück! ☺

Aber dann sind die Schafe plötzlich alle hochgesprungen und weggerannt. Dabei haben sie
gemäht wie verrückt.

mäh!

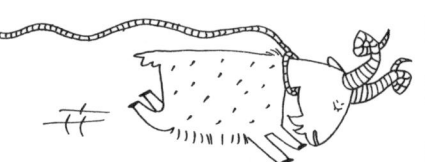

Und die Ziege hat ihren Kopf gesenkt und ist auch losgerannt.

Genau auf mich zu!

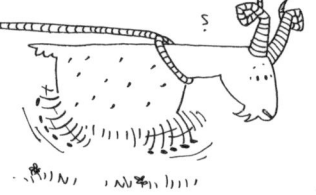

Ich dachte, **jetzt sterbe ich**, aber zum Glück war das Seil immer noch <u>zu kurz</u>.

Ich bin trotzdem lieber weggelaufen, und zwar, weil der Zaun schon so geknirscht hat, als ob er nicht mehr lange hält.

knirsch

So schnell ich konnte, bin ich auf den Kletterbaum gekrabbelt. Und da hat die Ziege sich auch schon **losgerissen**.

Wahrscheinlich wollte sie mich **umschubsen**.

Aber weil ich ja nicht mehr da war, ist sie auf die Jungs losgegangen, die immer noch auf der Bank vor dem Gartenhäuschen gesessen und geschnitzt haben.

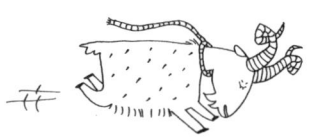

ACHTUNG!

Da sind die Jungs aufgesprungen und gerannt. Sogar Maxl ist gerannt, obwohl er die Ziege ja persönlich kennt.

Blitzschnell waren sie alle beim Kletterbaum und sind hochgeklettert.

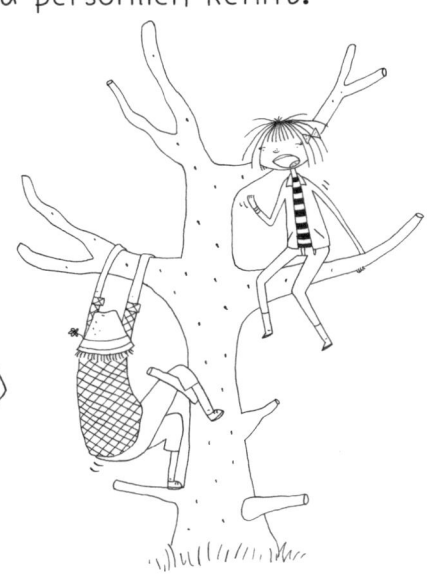

DONG!

Maxl und ich haben gerade noch Jakob an den Armen hochgezogen, bevor die Ziege mit dem Kopf gegen den Baumstamm gedonnert ist.

Danach hat sie erst mal ein bisschen **DINGELIG** ausgesehen, → aber nur kurz. Dann hat sie zu uns hochgeguckt. Und zwar voll **FIES**. ⟶

Da haben wir uns nicht mehr vom Baum runtergetraut. Keiner hat was gesagt, ziemlich lange.

Wahrscheinlich hätten wir noch den ganzen Nachmittag da oben gesessen, aber dann ist Leni vorbeigekommen. Und sie hat die Ziege an den krummen Hörnern gepackt und weggeführt. Die Ziege war ganz brav und hat nicht einmal gemeckert.

Boah, ist die mutig, die Leni!

SAMSTAG, DER 31. MÄRZ

Heute Morgen war das Frühstück noch schlimmer
als sonst, weil nicht nur der Käse und die
Milch nach Ziege gestunken haben,
sondern auch Mama. ————————→

Papa hat sie gefragt, ob sie heute wieder
Ziegenkäse herstellen will, aber Mama hat
bloß vor sich hin gemurmelt. Viel konnte man
nicht verstehen. Nur so was wie „Hmmm"
und „Eher nicht" und „Einen Tag Pause".

Nach dem Frühstück
ist sie dann duschen
gegangen, obwohl sie
vor dem Frühstück
auch schon mal
geduscht hatte.

Und Papa hat seine beiden neuen Bierkrüge
rausgeholt und sie mit dem Tuch abgerieben,
mit dem er sonst nur seine Brille putzt.

Schau nur, Lotta, was für ein wunderbares
Stück! Das Replikat des berühmten Kaiser-
Franz-Josef-Bierkruges aus dem Jahr 1868!
Mit einer Jagdszene in herrlichstem Blau!
Und Zinndeckel! Und der andere Humpen
ist eine originalgetreue Abbildung von ...

schnapp

?!

Als er nach dem anderen Krug gegriffen hat, hab
ich mir schnell einen Apfel aus der Obstschale
genommen und bin nach draußen gelaufen.

Puh! Fast hätte ich die **BIO**-Ziege umgerannt. Die war nämlich schon wieder am Zaun festgebunden.

knurps

Deshalb bin ich lieber gleich in den Baum geklettert und hab in Ruhe meinen Apfel gegessen.

Eigentlich mag ich Äpfel gar nicht so besonders gern, aber ich hatte ziemlich **Hunger**, weil ich zum Frühstück total wenig gegessen hab. Und der Apfel hat jedenfalls **nicht** nach Ziegenkäse gerochen.

—Loch

Aber als ich gerade so richtig saftig abbeißen wollte, da hab ich plötzlich gesehen, dass da ein **WURM** im Apfel war!

Und der hat sich sogar noch bewegt!!!

Ich hab den Apfel ins Gras
geschmissen und mich **GESCHÜTTELT!**
So was **EKLIGES!** 😝 😝 😝

Aber dann fiel mir wieder ein, dass man so einen
Wurm ja gut zum *Beschwören* brauchen kann.
Viel besser als Ziegen und Katzen, weil die sich
gar nicht richtig schlängeln.

auch nicht besser

Und bestimmt konnte ich das
jetzt, Würmer und Kobras
beschwören. Seit dem Wurm
in Pauls Baumhaus hatte ich
ja echt viel geübt.

Ich musste sofort zu meiner Blockflöte.
Ganz schnell bin ich vom Baum geklettert
und ins Haus gelaufen.

schmalz!

Papa war noch immer im Wohnzimmer und hat was über seine Bierkrüge erzählt. Ich glaub, der hatte noch gar nicht gemerkt, dass ihm keiner mehr zuhört.

Meine Flöte lag im Schrank zwischen den Socken.

Ich hab sie mir geschnappt und bin wieder runtergelaufen, zurück zum Baum.
Zum Glück war der Wurm noch da. ☺

Ganz vorsichtig hab ich den Apfel am Stiel angefasst und bin mit ihm und der Blockflöte in der Jackentasche wieder auf den Baum geklettert.

Also, ein **bisschen eklig** fand ich das ja schon, den Wurm aus dem Apfel zu ziehen. Irgendwie ist er immer **länger** geworden.
Aber dann ist er doch rausgefluppt.

schnalz

97

Er hat sich so gekringelt, dass ich schon Angst hatte, er wollte mir die Finger hochkriechen.

Da hab ich ihn schnell auf einen Ast gesetzt und die Flöte rausgeholt.

Ich hab die Augen zugemacht und mich konzentriert. Und dann hab ich ganz vorsichtig in die Flöte gepustet. Es hat sich **voll indisch** angehört, echt! Der Wurm fand das auch.

Auf jeden Fall hat er aufgehört, sich zu kringeln, und mich interessiert angeguckt. Glaub ich jedenfalls. Bei Würmern sieht man das ja nicht so.

Und dann ... und dann ... hey! Dann hat er ... er hat echt ... ER HAT ANGEFANGEN ZU TANZEN! **BOAH, ICH HAB IHN ECHT BESCHWÖRT! MEIN WURM HAT NACH MEINER FLÖTE**

Er hat sich immer so hin und her bewegt, wie eine Kobra!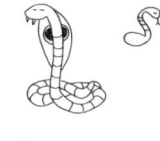

Ich war so aufgeregt, dass ich fast nicht weiterspielen konnte, aber ich hab's trotzdem gemacht, weil das soooo cool war! 😄

Mein Wurm hat **GETANZT** und **GETANZT**, bis ich echt keine Puste mehr hatte und aufhören musste.

puuuuuhhh

Und da hat mein Wurm auch aufgehört und hat sich wieder eingekringelt.

JAAAAA! hab ich geschrien. Das musste ich sofort jemandem zeigen! Am besten allen.

99

Jakob, Simon und Maxl saßen zum Glück
schon wieder vor dem Garten-
häuschen und haben geschnitzt.

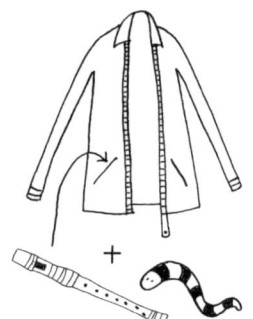

Da hab ich meine Flöte zurück
in die Jackentasche gesteckt
und den Wurm auch, aber ganz
vorsichtig, und dann bin ich
runtergeklettert.

Die Jungs waren gerade dabei, Ziegen
zu schnitzen. Bestimmt wollten sie eine ganze
Herde schnitzen, weil da schon ein paar Ziegen rumstanden auf dem kleinen Gartentisch:
welche mit krummen Hörnern, mit gekringelten
Hörnern und mit geraden Hörnern.

Ich hab die Ziegen ein bisschen zur Seite geschoben
und da ist ein kleines Zicklein ins Gras gefallen.

Sofort haben die Jungs **rumgemeckert**, als ob was Schlimmes passiert wär. Dabei hab ich doch das Zicklein sofort wieder aufgehoben.

Und dann wollten sie auch gar nicht zugucken, wie ich Schlangen **beschwöre**.

Ge schleich di mit deina Fletn. De härt si jo schlimma o, wira Schof, des wos vonam Autdo übafahn werd.*

Jakob und Simon haben natürlich voll losgelacht, die **Blödbrüder!**

HAHAHAHA

Und dann hat Maxl noch gesagt, dass ich bloß nicht noch mal die Ziegen anflöten soll, sonst wird die Milch sauer.

Die ist doch sowieso schon sauer und schmeckt voll nach Ziegenpisse!

hab ich gesagt und bin reingegangen.

*Geh bloß weg mit deiner Flöte. Die hört sich ja schlimmer an als ein Schaf, das vom Auto überfahren wird!

Pöh! Dann eben nicht! Schließlich kann ich auch Mama und Papa zeigen, wie toll ich Schlangen **beschwören** kann!

 Allerdings hat Mama immer noch geduscht.

 *hmmhmhmmm*

Und Papa hat gar nicht richtig zugehört, als ich ihm von dem Wurm erzählt hab. Er hat nur den Kaiser-Franz-Josef-Krug poliert und so vor sich hin gesummt.

Also hab ich den Wurm auf den Esstisch gesetzt und einfach mal angefangen zu **beschwören.**

Aber Papa hat mich sofort rausgeschickt und gesagt, mein **Gejaule** soll ich in meinem Zimmer üben.

Danach hat er rumge-
schrien, weil ein Wurm
auf dem Tisch war. Also,
in dieser Familie ist ja wohl
jeder bescheuert, oder?

Papa wollte gerade ein Stück Papier von der Küchenrolle holen, um den Wurm wegzumachen.

Aber da hab ich Würmchen schnell gerettet und in mein Zimmer gebracht.

 Auf meinem Nachttisch hat sich der Wurm wieder so niedlich gekringelt.

Ich hab mich aufs Bett gesetzt und ihn beobachtet. Allerdings musste ich zuerst Billy den Biber zur Seite schieben, weil der schon wieder unter meiner Decke lag, mit seinen Zähnen und Mamas Sonnenbrille.

Dann hab ich mich wieder konzentriert und meine **Schlangenbeschwörermusik** gespielt. Zuerst ganz leise und dann immer **beschwörerischer**. Dabei hab ich selbst auch so hin und her getanzt. Und Würmchen hat wieder mitgemacht! ☺

Wir haben zusammen getanzt, bis es mir zu
anstrengend wurde, und dann bin ich in die
Küche gegangen und hab eine
Plastikdose geholt mit Deckel.
Da hab ich Würmchen reingesetzt.

Natürlich sollte er nicht alleine da drinnen
bleiben. Ich hab ihm noch ein bisschen Gras
und Blätter geholt. Und den Apfel,
der noch unter dem Kletterbaum lag. Das alles
hab ich Würmchen in die Dose gelegt, damit er's
schön hat in seinem neuen Würmerzuhause.

Den Deckel hab ich zwar zugemacht, aber vorher hab ich ganz viele Löcher reingebohrt,
damit Würmchen nicht ersticken muss.

schluchz

Dann wusste ich nicht mehr, was ich drinnen machen sollte, und bin rausgegangen. Das Wetter war total schön und warm  und die Jungs haben immer noch auf der Bank gesessen und Ziegen geschnitzt. Da hab ich mich dazugesetzt und wollte ein Lämmchen schnitzen. Maxl hat nämlich voll viele Schnitzmesser.

Ich hab geschnitzt und geschnitzt, aber zum Schluss hat mein Lamm genauso ausgesehen wie die Ziegen der Jungs. Da hab ich's einfach zu den anderen auf den kleinen Tisch gestellt.

Als wir reingehen wollten, hat Maxl plötzlich
so fachmännisch in den Himmel geguckt. Und er
hat gesagt, dass es heute Nacht Schnee gibt.
Und zwar bis hier unten im Tal.

Heit Nocht gibt's no an saubn
Schnä. Bis do heruntn im Toi.

**schnee, so
ein Quatsch!**

tok tok

Wir haben doch schon fast Ostern!
Maxl wollte bestimmt nur ein bisschen angeben.
Weil er hier wohnt und sich auskennt und so.
Aber Schnee, da lachen doch die Hühner!

gagagacker

rokrokrooooooook

SONNTAG, DER 1. APRIL

HURRA!

Heute bin ich mal wieder vom
Geschrei der Jungs wach geworden.
Sie standen am Fenster und haben
laut gejubelt.
Und zwar, weil draußen alles
voller Schnee war.

Wir sind schon vor dem Frühstück rausgegangen
und haben Schneemänner gebaut. Obwohl, die
Jungs haben eher **SCHNEEMONSTER** gebaut.

Und ich ein
Schneelamm.

Während wir noch am Bauen waren, sind Maxl und Leni gekommen und haben erzählt, dass sie heute Ski fahren gehen. Und dann haben sie gefragt, ob wir mitkommen wollen. 😄 🙂 😊

▱▱▱▶ SKI FAHREN! Wie cool ist das denn?
Ich hab gleich an Berenike gedacht mit ihrem Chalet auf dem Piz Perdü und wie ich ihr **nach den Osterferien** erzählen kann, dass ICH SKI FAHREN war!

Boah!

Wir sind sofort hochgelaufen zu Mama und Papa, was aber ein Fehler war. Da mussten wir nämlich erst mal ein **BIO**-Brötchen mit Ziegenkäse essen. **Bäh!** →

Natürlich haben wir uns ganz doll beeilt und waren voll schnell wieder unten. Der Vater von Maxl und Leni, Herr Hochholzer, hat uns Skier gegeben und Skistiefel  zum Anprobieren. Er hat ganz viele, weil er die nämlich sonst an Wintergäste verleiht. Wir haben auch noch Mützen und Schals und Handschuhe und Skihosen von Maxl und Leni bekommen.

von Maxl (ich ziehe doch die andere an ...)

von Leni

zu klein

zu groß

Und dann sind wir mit den Skistiefeln losgegangen. Boah, hat sich das **komisch** angefühlt! So, wie wenn man zwei Gipsfüße hat.

Zum Glück mussten wir
nicht weit gehen. Gleich
hinter dem Hof ist so ein
Berg mit einem Babylift.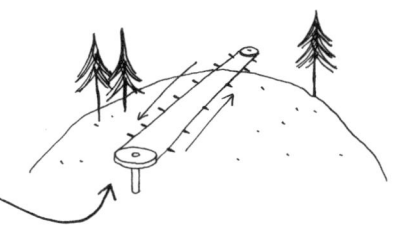

Wir haben uns unsere Skier angezogen, was eine
ganz schlechte Idee war. Ich bin auf jeden Fall
überhaupt **nicht mehr** vorwärtsgekommen und
auch sonst nirgendwohin.

Ich bin nur auf der Stelle gerutscht und ab und
zu bin ich hingefallen.

Maxl hat gesagt, dass
sie normal nicht hier
auf dem Idiotenhügel
Ski laufen, sondern
nur heute, weil
wir mit dabei sind.

> Normalaweis foan
> mia do ned aufm
> Deppnhügl, nua heit
> weils ia dobbai seids.

Das fand ich voll **blöd** von ihm. Und ich hab mir geschworen, dass ich's ihm zeig, dem **blöden Angeber!**

Erst mal bin ich auf dem Po bis zum Lift gerutscht. Das ging viel schneller als auf den Skiern.

Bei so einem Babylift kommt ab und zu ein Bügel vorbei, den muss man greifen. Und dann wird man hochgezogen. ⟹ **Babyleicht eben!** Ich wollte Leni helfen, weil sie ja noch so klein ist. Aber bevor ich bei ihr war, war sie schon fast oben.

hui

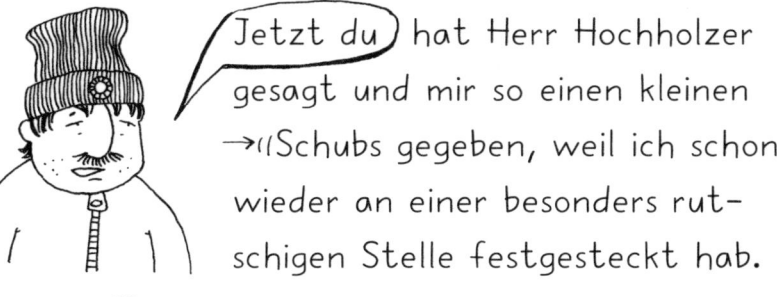

Jetzt du hat Herr Hochholzer gesagt und mir so einen kleinen →"Schubs gegeben, weil ich schon wieder an einer besonders rutschigen Stelle festgesteckt hab.

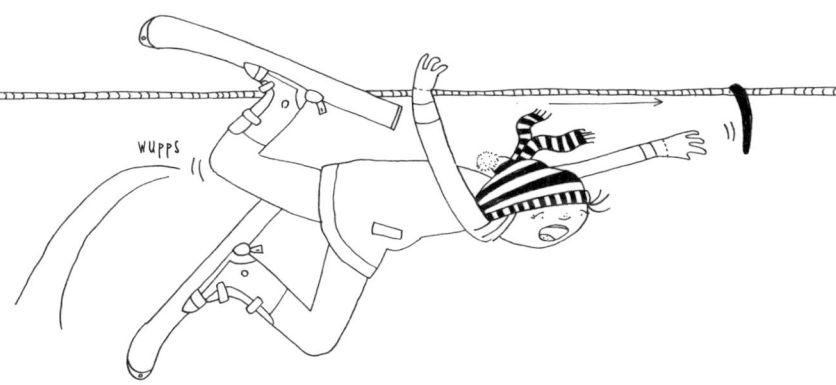

wupps

Und als ich dann am Seil stand und nach einem Bügel gegriffen hab, haben meine Skier irgendwie so einen ^Hopser gemacht und dann hab ich schon wieder im Schnee gelegen.

Hinter mir in der Reihe stand Maxl, der war schon von der ersten Abfahrt zurück. Er hat mir hochgeholfen und dann hat er mir einen Bügel in die Hand gedrückt und mich ~~h~~ angeschubst.

113

Und da bin ich losgefahren! **Hey!**

Ich bin wirklich losgefahren! **Auf Skiern!** Nach **oben!**

Bloß nach ein paar Metern, da ist plötzlich ein Ski nach **links** gefahren und der andere nach **rechts.** Von ganz alleine.

 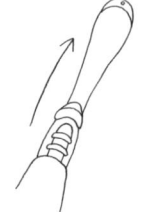

hmpff

Als ich diesmal hingefallen bin, hatte ich ganz viel Schnee im Schal.

Aber trotzdem bin ich wieder aufgestanden und hab nach einem Bügel gegriffen, der gerade vorbeikam.

Aber dann sind meine
blöden Skier **übereinander-
gefahren** und ich hab mir
fast beide Beine gebrochen!

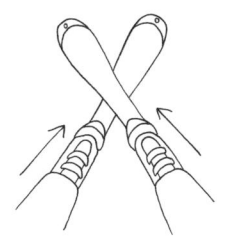

Echt! Das war total gefährlich. Und so ein Lift
soll für Babys sein. **Von wegen!** Außerdem waren
meine Skier viel zu lang, **die blöDen Dinger!**

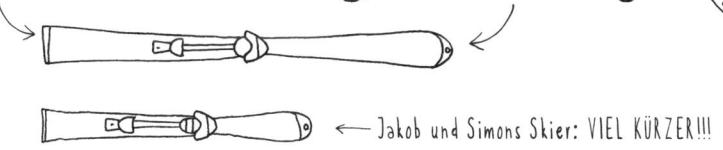

← Jakob und Simons Skier: VIEL KÜRZER!!!

Sogar Jakob und Simon sind in der Zwischenzeit
schon den Berg runtergefahren. Dabei sind die
auch noch nie Ski gelaufen! Aber die haben auch
viel kürzere Skier bekommen als ich, die nicht
immer übereinanderfahren! **Voll gemein!**

flitz

Als ich gerade dabei war, so richtig **stinkig** zu werden, kam Maxl von hinten den Berg hoch und hat seinen Bügel losgelassen.

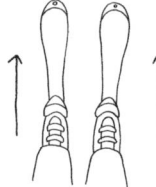

Er hat mir gesagt, ich soll meine Skier ganz gerade hinstellen. So mit den Spitzen nach ↑ oben.

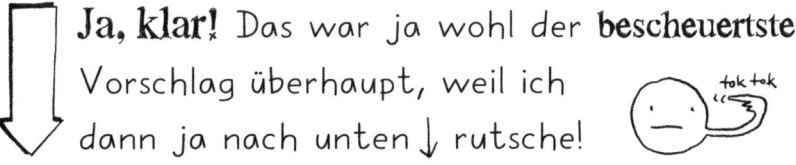

Ja, klar! Das war ja wohl der **bescheuertste** Vorschlag überhaupt, weil ich dann ja nach unten ↓ rutsche!

Aber es hat trotzdem geklappt. Ich hatte meine Skier nämlich zwischen Maxls

und er hat mich so mit seinem Bauch den Berg hochgeschoben.

Und immer, wenn ich wieder fast umgekippt bin, hat er mich festgehalten. Das war ja jetzt echt mal **nett** von Maxl.

Aber auch ein bisschen **peinlich.**

Na ja, auf jeden Fall war ich endlich oben!

Dann hab ich runtergeguckt.

Und voll den **SCHRECK** gekriegt!

Schafe und Lämmer (süß)

BLICK VON OBEN

hier wohnen wir

Das war nämlich gar kein Idiotenhügel, sondern ein **TOTAL** steiler Berg!

Mist!

Am liebsten hätte ich meine Skier abgeschnallt und wär zu Fuß wieder runtergegangen. Aber dann hab ich an Berenike gedacht.

pffff!

Doppelmist!

Und an Cheyenne und Paul und was *mutig* ich denen erzählen soll. Und an Maxl und Leni und Jakob und Simon. **HAHAHA!**

eins zwei drei

Und dann hab ich die Augen zugemacht und bis drei gezählt. Und dann noch mal bis dreißig.

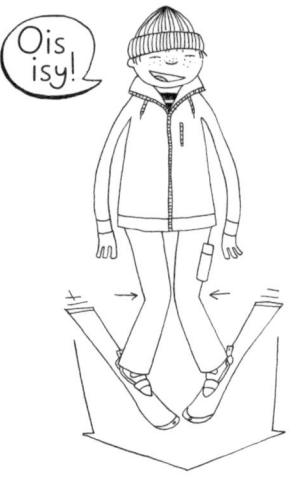

Ois isy!

Da ist Maxl gekommen und hat mir gezeigt, wie Schneepflug geht. Damit komm ich ganz leicht den Berg runter, hat er gesagt.

Aber ich glaub, er wollte mich nur veräppeln. Weil: Bei Schneepflug fahren die Skier **erst recht** übereinander.

Zuerst haben sich meine
Beine verknotet
und ich bin auf den
Bauch ⤵ gefallen
und ein ganz
schönes Stück
➛⁄⁄ gerutscht.

Als ich wieder aufstehen konnte,
hatte ich schon fast die halbe
Abfahrt geschafft. Da war ich
ganz schön erleichtert und auch
ein bisschen **STOLZ!** 😃

Maxl hat gesagt, ich soll hinter ihm herfahren
und genau das Gleiche machen wie er. Bloß ging
das nicht. Und zwar, weil meine Skier ganz
andere Sachen gemacht haben als seine.

Supaisy!

Bestimmt, weil ich die **dööfsten** Skier von allen hatte. **Menno!**

Ich war echt froh, als ich endlich unten war. Und zwar, weil

👍 ich noch **gelebt** hab und auch

👍 **kein** Bein gebrochen hatte.

Dann hab ich die Skier abgeschnallt und bin nach Hause gegangen.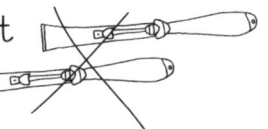

Zuerst hab ich mir trockene Sachen angezogen und dann hab ich meine Postkarten geholt, die aus dem Brauereimuseum.

 Für Cheyenne hab ich die mit dem **Erzherzog-Franz-Ferdinand-Humpen von 1892** ausgesucht. Vorne war ein röhrender Hirsch drauf. Ich fand das sehr passend, weil Cheyenne doch voll gerne Tiere mag.

Ich hab ihr geschrieben, dass ich Ski laufen war und wie **cool** das ist und dass wir hoffentlich morgen wieder gehen.

Dann hab ich an Paul geschrieben. Er hat die Karte mit dem **Mayer-bräu-Maßkrug aus Bad Schusselhofen mit Zinn-deckel** gekriegt. Paul hab ich so was Ähnliches  geschrieben wie Cheyenne. Bloß noch dazu, wie steil und **gefährlich** die Abfahrt war.

Die letzte Postkarte war für Oma und Opa, die mit dem **Obertut-tinger Jubiläumsseidel von 1902.** Ich hab extra **groß** geschrieben, weil Opa ja nicht mehr so gut hören kann und Oma ihm ja alles vorlesen muss. Deshalb hat auch nicht so viel draufgepasst auf die Karte.

Danach war ich plötzlich
ganz müde und hab eine
Pause gebraucht.

Da war es prima, dass Mama und Papa auch
da waren. Wir haben dann nämlich zusammen
„Mensch ärgere dich nicht" gespielt.

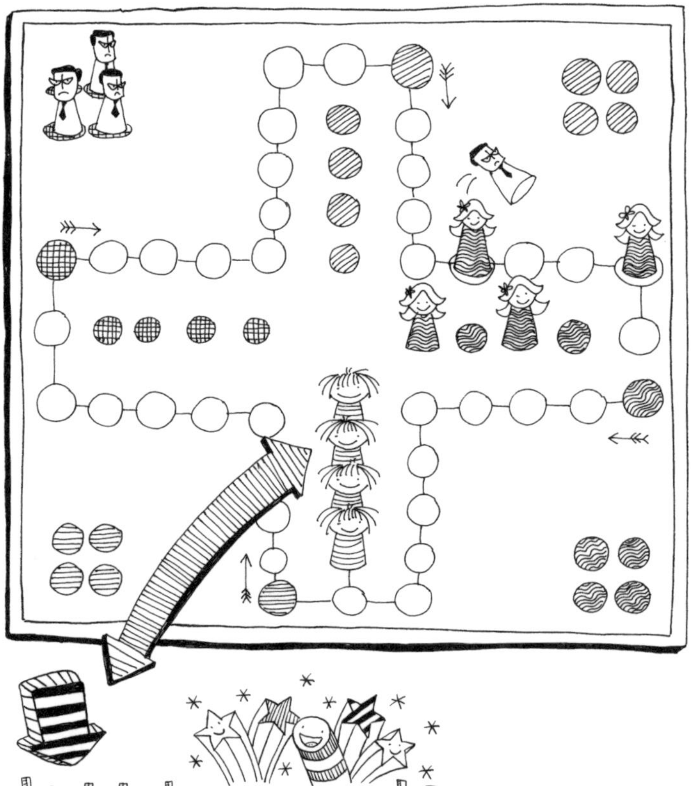

Und ich hab gewonnen! Das war ein guter
Tag heute! Erst hab ich Ski laufen gelernt und
dann auch noch beim Spielen gewonnen!

DIENSTAG, DER 3. APRIL

So langsam schmilzt der Schnee wieder, aber
Jakob und Simon sind trotzdem noch einmal mit
Maxl und Leni zum Ski laufen gegangen.

Aber ich wollte die Zeit lieber nutzen, um wieder
mit Würmchen zu üben. Leider hat es heute
nicht so geklappt. Würmchen hat <u>kein bisschen</u>
getanzt. Er hat sich nicht mal gekringelt. ⌣

Ich glaub, er hat geschlafen.

DONNERSTAG, DER 5. APRIL

 Seit vorgestern hat Würmchen sich nicht mehr bewegt.

Weil er auch ganz trocken und knusprig geworden ist, hab ich ihn aus der Plastikdose genommen und unter dem Kletterbaum beerdigt. Zwischen den Krokussen. Das ging, weil der Schnee inzwischen fast ganz weggeschmolzen ist.

 Dann hab ich Würmchen noch was auf der Flöte vorgespielt. Was **Trauriges**. Anschließend waren die Krokusse leider alle **verwelkt**.

FREITAG, DER 6. APRIL

Heute war Mama **total sauer**, weil sie gemerkt hat, dass ich Löcher in den Deckel  von ihrer Plastikdose gemacht hab.

Sie wollte da nämlich irgendwelche **BIO**-Ziegen-käse-Kulturen reintun, damit sie zu Hause auch Käse züchten kann.

ups ...

Sie war so **böse**, dass sie rausgelaufen ist und die Tür hinter sich zugeknallt hat.

Als Mama weg war, hat Papa mir ver-sprochen, dass wir ins Schwimmbad gehen, wenn wir aus dem Urlaub zurück sind.

SONNTAG, DER 8. APRIL
ENDLICH OSTERN!

Ich war beim Frühstück ganz
schön **aufgeregt**, weil wir danach
Ostereier im Garten suchen
wollten. Zum Glück ist der Schnee
jetzt ganz weggeschmolzen.

Nur oben auf den Bergen →
liegt noch welcher.

Zur Feier des Tages gab es zum Frühstück bunte
Eier und Brot, das fast wie
Kuchen geschmeckt hat.
Bloß leider waren da Rosinen drinnen,
die mag ich ja nicht so im Brot.
Und auch nicht im Kuchen.

Ich hab sie alle rausgepult
und da hat Papa mal
wieder **rumgemeckert**.

Dabei hab ich gestern genau gesehen, wie er selbst ein Stück Ziegenkäse in die Blumenvase auf dem Tisch gesteckt hat! Und zwar, als er geglaubt hat, keiner guckt!

Aber ich hab ihn trotzdem gesehen.

Und Ziegenkäse in Blumenvasen ist ja wohl noch viel **ekliger!**

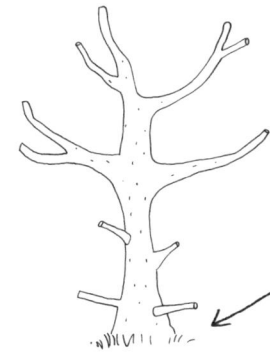

Nach dem Frühstück sind wir dann alle rausgegangen. Es war wieder schön ☼ und beinah ein bisschen warm. Und ich hab gleich hinter dem Kletterbaum ein Nest mit Schoko-Eiern gefunden!

Aber ich hatte gar keine Zeit, mich richtig zu freuen, denn plötzlich haben die Jungs **geschrien**, weil die **BIO**-Ziege mit den krummen Hörnern wieder da war.

127

Und die hat auch ein Nest
gefunden. Das hatte Mama
nämlich am Zaun versteckt, wo
sie festgebunden war, die Ziege.

Jakobs Nest war das. Die
Ziege hat daran geknabbert
und Jakob hat geheult. Dabei
hat sie doch nur das grüne
Papiergras weggefressen.

In dem Nest lag ein Schnitzmesser.
Simon hat auch eins gekriegt.

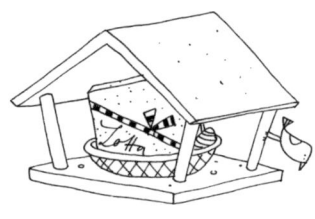

Ich hab in einem Vogelhäuschen
ein Nest gefunden mit einem
kleinen Päckchen, auf dem
„Lotta" stand.
Es hatte die Form von einer CD.

Und als ich es ausgepackt hab,
war auch eine CD drinnen.
Zauber der Blockflötenmusik, ⟶
stand auf der Hülle.

Weil du doch so gern Flötenmusik hörst.

Dann kannst du auch mal ein wenig klassische Flötenmusik hören und musst nicht immer dieses indische Gejaule ertragen.

Dabei hat er das Gesicht verzogen.
So, als würde ihm was **wehtun**.

schluck!

Und ich hab geschluckt.
Ich wusste gar nicht, was ich sagen sollte. Weil mich Flötenmusik doch eigentlich gar nicht so interessiert. Eigentlich bloß, wenn ich damit Kobras beschwören kann.

Na ja, wenigstens hab ich viel mehr  Schoko-Eier gefunden als Simon und Jakob und auch drei Hasen, die mit Smarties  gefüllt waren. Aber Mama hat mir zugeflüstert, ich soll zwei davon schnell wieder verstecken, weil die für die Jungs sind.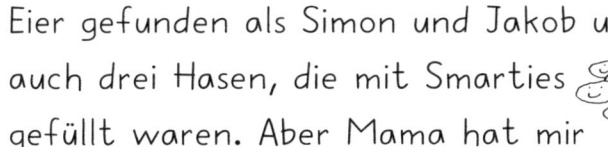

129

Hier habe ich die zwölf Schokoeier und zwei Schokohasen versteckt.

Als wir alle Eier gefunden hatten, wollten Jakob und Simon sofort Ziegen  schnitzen.

Aber Papa hat ihnen erst mal gezeigt, wie man das richtig macht, <u>ohne</u> sich zu verletzen.

Immer vom Körper weg, immer vom Körper weg.

Und dann ist das Messer abgerutscht und Papa hat sich in die Hand geschnitten.

Da hat er **geschimpft**, und zwar über das Messer, weil das viel zu scharf wäre und wie man so was verkaufen könnte.

Und Mama ist mit ihm in die Wohnung gegangen, um ein Pflaster auf die Wunde zu kleben.

Als Mama runtergekommen ist, hatte sie schon wieder geflochtene Zöpfe. $\longrightarrow$
Außerdem hatte sie ihren Fotoapparat mit.

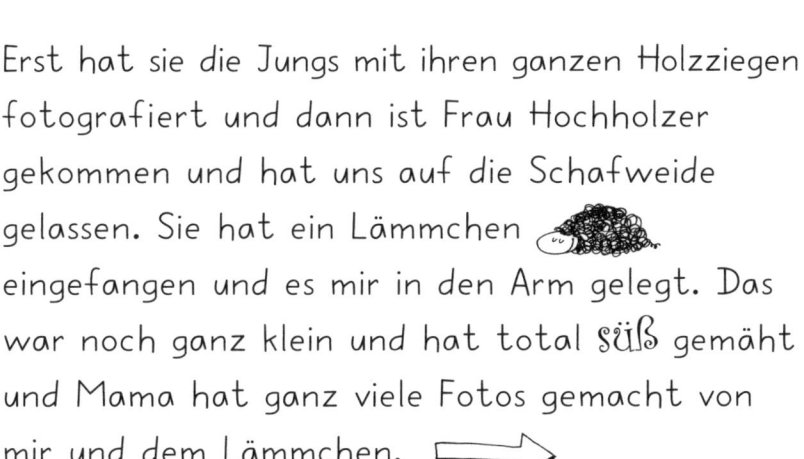

Erst hat sie die Jungs mit ihren ganzen Holzziegen fotografiert und dann ist Frau Hochholzer gekommen und hat uns auf die Schafweide gelassen. Sie hat ein Lämmchen eingefangen und es mir in den Arm gelegt. Das war noch ganz klein und hat total **süß** gemäht und Mama hat ganz viele Fotos gemacht von mir und dem Lämmchen.

Später kam auch Papa wieder raus und wollte
mit uns einen Osterspaziergang machen.

Na guuut, wenn's sein muss.

Und ich hab meine Blockflöte mitgenommen,
falls mir zu langweilig wird.

Also, ich hab ja wirklich geglaubt, dass wir
bloß ein bisschen im Tal rumspazieren und
dann wieder zurück.

Aber dann waren da braune
Kühe auf so einer schrägen
Wiese, die wir uns näher

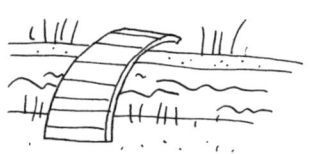

angeguckt haben, und dann
war da ein kleiner Bach mit
einer Brücke drüber.

Und so sind wir immer höher und
höher auf einen Berg gestiegen.

schlotter

Mir war ein bisschen kalt, weil ich nur eine Strickjacke anhatte.

Wenn ich wenigstens meinen elektrischen Taschenwärmer dabeihätte.

zitter

Und Mama hat ein ganz **stinkiges** Gesicht gemacht. Sie hatte nämlich nicht mal richtige Schuhe an, sondern nur ihre Öko-Latschen.

Ich glaub, so langsam wird sie wieder normal.

Aber Papa, der ist einfach immer weitergelaufen. Bis dahin, wo schon wieder Schnee lag.

Da haben die Jungs  angefangen, sich mit Schneebällen zu bewerfen. Allerdings haben sie sich immer schnell weggeduckt und deshalb haben die Schneebälle dann meistens Papa getroffen.

Der ist **STINKESAUER** geworden und hat geschimpft, dass er nie wieder mit seiner Familie in die Berge fährt.

Weil die Stimmung so **schlecht** war, hab ich mich lieber ein Stück weiter weg auf eine Bank gesetzt.
Und zwar neben eine grüne Raupe.

Die ist so raupig über
die Bank gekrochen.

Ha! Endlich mal wieder
jemand zum **Beschwören!**

Also hab ich die Flöte aus meiner Strickjacken-
tasche geholt. Dann hab ich mich direkt vor
die Raupe gehockt. Ich hab mich wieder
konzentriert. Und in die Flöte gepustet.
Ganz vorsichtig. Und ganz **indisch.**

 „ **GRUMMEL**

Die Raupe hat aufgehört zu kriechen. Ich dachte, die tanzt bestimmt gleich los. Aber sie hat
nicht getanzt. Stattdessen hat es so **komisch
gegrummelt**. Und das war nicht die Raupe.

Ich hab mich umgedreht und nach oben geguckt
und da ist plötzlich ganz viel Schnee vom Berg
runtergekommen.

Und zwar genau da,
wo Papa gerade
langgegangen ist.
Der war nämlich
einfach alleine
weitergelaufen.

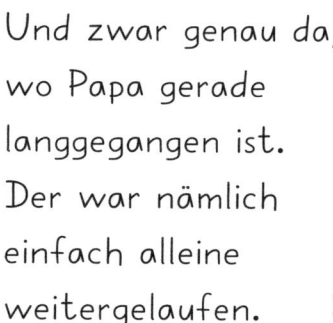

Papa

GRUMMEL

GRUMMEL

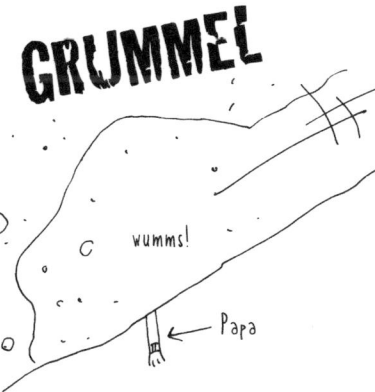

wumms!

← Papa

Der Schnee hat
Papa umgerissen
und dann ist er
weitergerauscht.

EINE LAWINE!

hat Mama geschrien und an
ihren Zöpfen gezogen und so
geguckt, als hätte sie für
den Moment sogar ihre
kalten Füße vergessen.

kalte
Füße

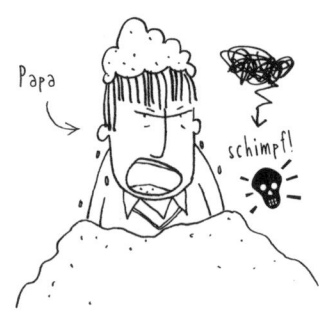

Papa

schimpf!

Dann hat Papa auch wieder geguckt, und zwar oben aus dem Schnee raus. Er hat gebrüllt und geschimpft und ziemlich **NASS** ausgesehen.

Und seine Brille war auch weg.

Da haben wir alle die Brille gesucht, außer Mama, die mit ihren Öko-Latschen nicht in den Schnee wollte. Sie hat lieber ein paar Fotos von uns gemacht.

Jakob und Simon haben mit ihren Schnitzmessern im Schnee rumgestochert und ich mit der Flöte.

> Was kriegt der, der die Brille findet?

hab ich gefragt, als ich die Brille gefunden hatte.

Keinen Ärger ...

knirsch

hat Papa so grollig gesagt, dass ich ihm die Brille lieber gegeben hab, ohne zu fragen, ob er schon mal was von Finderlohn gehört hat.

GRUMMEL

Papa hat sie trocken gewischt und irgendwas gemurmelt, was vielleicht ein bisschen so wie Danke geklungen hat. Aber so genau konnte man das nicht verstehen.

Und dann sind wir wieder zurückgegangen.

MONTAG, DER 9. APRIL

Es ist immer noch **stern**! Und unser **letzter**
Tag auf dem **BIO-BAUERNHOF** in **BAYERN**.
VOLL SCHADE!

Heute wollten wir uns noch einmal
so richtig ausruhen und erholen
und nicht auf Berge klettern.

Jakob und Simon können sich am besten erholen,
wenn sie Ziegen schnitzen, glaub ich.
Maxl wollte ihnen zeigen, wie man Dinosaurier,
Pistolen und Flugzeuge schnitzt, aber meine
Brüder schnitzen immer nur Ziegen, Ziegen
und Ziegen.

Oben in unserer Wohnung stehen
bestimmt schon hundert Stück.

Ich selbst hab mich zuerst
←— auf dem Kletterbaum
erholt. Da hatte ich Zeit,
um zu überlegen, was ich
alles noch nicht gemacht
hab und was ich unbedingt
noch machen muss, bevor
der Urlaub rum ist.

141

Während ich noch so überlegt hab, hab ich den **BIO**-Bauern gesehen, Herrn Hochholzer. Er hat gerade versucht, Lotta einzufangen. Das große Pferd, meine ich. Aber Lotta ist auf der Wiese ^rumgesprungen und wollte sich nicht einfangen lassen. Ich glaub, die hatte Frühlingsgefühle oder so.

witsch

Ha! Die **beschwöre** ich jetzt, die Lotta! Da wird Herr Hochholzer aber Augen machen!

Und wenn ich Pferde **beschwören** kann, dann kann ich bestimmt auch alle möglichen anderen großen Tiere **beschwören**, zum Beispiel Hunde, Ziegen und Blauwale.

Schnell bin ich vom Baum geklettert und hab meine Flöte geholt. Damit hab ich mich an den Zaun gestellt, hinter dem Lotta ^rumgesprungen ist. Und Herr Hochholzer auch.

 Ich hab die Augen zugemacht. Dann hab ich tief Luft geholt und gaaanz leise in die Flöte gepustet. Und dann ein bisschen **lauter.** Und ich hab die

beste Schlangenbeschwörermusik der Welt

gespielt!

Lotta ist stehen geblieben und hat gelauscht. Sie hat geguckt, als ob sie schon ein bisschen **beschwört** wär.

schleich

Und Herr Hochholzer, der hat sich immer näher an Lotta rangeschlichen.

Aber da ist sie plötzlich hochgesprungen, so mit allen vier Hufen auf einmal. Als hätte sie einen Stromschlag bekommen.

schnalz

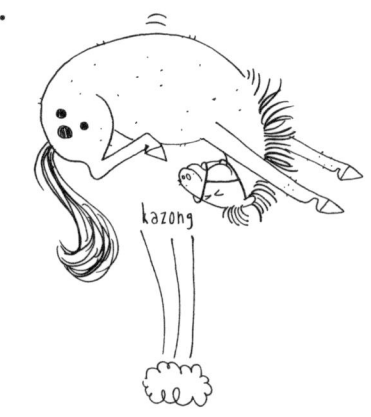

kazong

Und dann ist sie weggeflitzt ⟶ und hat so gebuckelt ⌒⌄⌒⌄⌝ dabei.

Sacklzementnoamoi!

Da hat Herr Hochholzer sich zu mir umgedreht und mich gefragt, ob ich vielleicht drinnen in der Wohnung Flöte üben könnte, bitte.

144

Pah! Der wollte wohl sein Pferd nicht einfangen!

Als ich gerade mit meiner Flöte reingehen wollte, hab ich die kleine Leni gesehen.

Sie ist über den Zaun auf die Pferdeweide geklettert und einfach zu Lotta rübergegangen.

Und dann hat sie sie am Halfter angefasst und von der Weide geführt.

Leni hat Lotta am Stall festgebunden, da, wo
so ein Ring  in der Wand war.
Dann hat sie mich gefragt, ob ich ihr wieder
beim **Striegeln helfen** will.
Klar wollte ich!

Ich hab vorne am Kopf gestriegelt und Leni
hinten am Po. Und an den Hufen.

vorher

nachher

blink!

Als wir fertig waren, hat
Leni mich gefragt, ob ich
auf Lotta **reiten** wollte.
KLAR WOLLTE ICH!!!

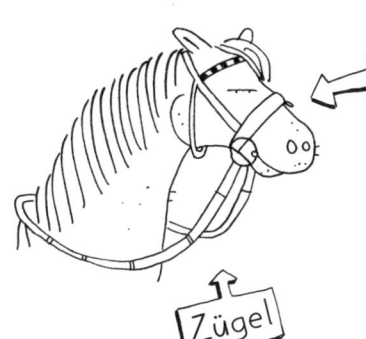

Leni hat Lotta eine Trense um den Kopf geschnallt und sie dann in die Reitbahn geführt, wo der Boden zum Glück voller Sand ist.

Zügel

Das ist besser. Falls reiten so ähnlich wie Ski fahren ist, meine ich.

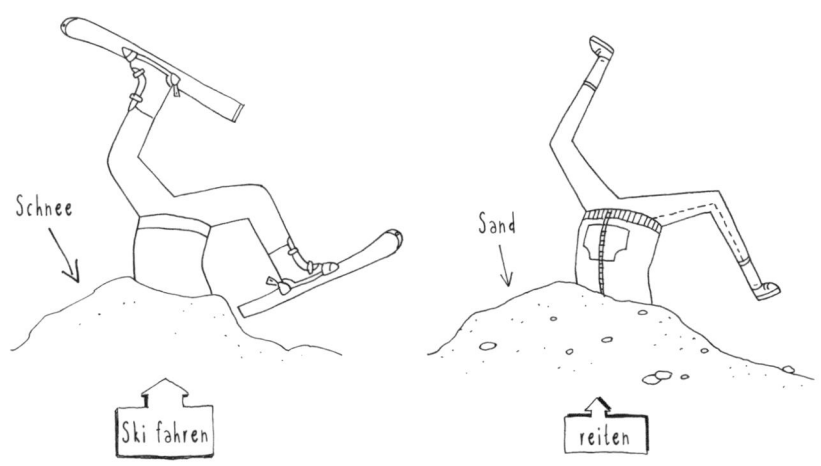

Schnee

Sand

Ski fahren

reiten

Dann sind wir beide auf den Zaun geklettert, Leni und ich.
Und zwar, weil Lotta so hoch ist. Sonst wären wir gar nicht auf ihren Rücken gekommen.

Leni hat vorne gesessen und ich hinter ihr.

Und dann sind wir geritten! Voll cool!

Ich musste die ganze Zeit an Berenike denken
und wie ich ihr nach den Osterferien erzähle,
dass ich nicht nur Ski laufen gelernt hab, sondern
auch reiten.

schmatz

Und reiten ist voll leicht, echt!
Viel leichter als Ski laufen.

Bloß als Lotta dann mit
einem Mal losgetrabt ist,
da wär ich doch fast
noch runtergerutscht.
Aber nur fast.

hoppel

Ich hab mich nämlich
schnell an Leni
festgehalten.

DIENSTAG, DER 10. APRIL

Papa hatte heute wieder **total schlechte Laune.** ☹

Und zwar, weil er den Wagen bepacken musste.

Wir hatten nämlich plötzlich noch viel mehr

Sachen als auf der Hinfahrt:

Fünf Paar **Wanderstiefel**

Seile, einen **Eispickel**

und ein **Erste-Hilfe-Set.**

Zwei berühmte **Bierkrüge.**

Mindestens zwanzig **Holzziegen.**

Ein paar Laibe **Ziegenkäse.**

Den **Gestank** vom Ziegenkäse.

Zwei **Schnitzmesser** und

eine **CD** mit Flötenmusik

(die Schoko-Eier und -Hasen haben

wir schon alle aufgegessen).

Und noch so ein paar Sachen, die Mama

heimlich gekauft und uns nichts davon

verraten hat, wie z. B. ein paar Packungen

Bepperl's Bayerische BIO-Knödel.

Als das Auto endlich voll war, sind alle Hochholzers
rausgekommen, um uns T**schüss** zu sagen.
Das heißt, eigentlich haben sie **PFIATS EICH**
oder so gesagt. Weil sie ja aus **BAYERN** sind!

Maxl hat Jakob und Simon jedem ein Stück Holz
geschenkt, für die Rückfahrt. ☺
Damit sie sich nicht langweilen müssen.

Papa hat ziemlich entsetzt
geguckt. Weil er nämlich
keine Holzschnitze im Auto
mag. Er mag ja schon kein
Bonbonpapier.

Leni hat mir Fotos geschenkt, die ihr Vater von mir gemacht hat, und zwar heimlich. Ein paar Fotos waren vom Skilaufen, die waren leider nicht so gut gelungen.

Aber ein paar waren auch von gestern, vom Reiten. Die waren toll! 😄
Berenike wird Augen 👁 👁 machen!
Und Cheyenne und Paul und alle anderen auch.

Ich hab mich total gefreut!

Und dann sind wir losgefahren.

Auf dem Rückweg haben sich die Jungs gar nicht gestritten, weil sie ja mit Schnitzen beschäftigt waren.

Papa hat leise vor sich hin gemeckert, aber verboten hat er es nicht.

Wahrscheinlich war er auch froh, dass sich Jakob und Simon nicht gestritten haben.

Dann hat Papa aber doch noch **gemeckert**.

Und zwar, weil Mama die ganze Zeit in ihrer Handtasche rumgewühlt hat.

Aber meine Sonnenbrille ist weg. Ich versteh das gar nicht.

Also, ich hab's ja schon verstanden und Jakob und Simon höchstwahrscheinlich auch. Wir haben aber lieber nichts gesagt.

Ein bisschen langweilig war das schon, dass es so ruhig war. Deshalb hab ich den Jungs ab und zu gesagt, dass ihre Ziegen aussehen wie Quallen. Oder wie Außerirdische.

Aber das hat sie gar nicht gestört!

Jakob hat bloß gesagt, dass ich ja keine Ahnung von Ziegen und vom Schnitzen hab, und Simon hat gesagt, ich soll erst mal richtig Flöte spielen lernen, weil sich das bei mir nämlich so anhört, wie eine Ziege macht, wenn sie mit den Hörnern gegen einen Baum knallt.

Diese Blödbrüder!

Die haben ja echt noch gar nichts kapiert über **Schlangenbeschwörung**!
Und mit ihren Schnitzmessern sollen die gefälligst auch aufpassen!

schubs

Jakob →

aua!

← Jakob hat mir fast ein Stück Finger abgeschnitzt, nur weil ich ihn ein bisschen geschubst hab!

Je länger wir unterwegs waren, desto mehr hab ich mich gefreut. Und zwar auf zu Hause. Auf Cheyenne und Paul und DIE WILDEN KANINCHEN.

Helga

Und komischerweise sogar ein
ganz klitzekleines bisschen
auf die Schule. Auf Berenikes
Gesicht nämlich, wenn ich ihr
erzähle, dass ich Ski fahren,
reiten und schnitzen
gelernt hab.

 Als wir zu Hause angekommen sind,
war es schon Nachmittag.

Erst mal mussten wir Papa und Mama
helfen, den Wagen auszuräumen,
und dann haben sich die Jungs auf ihr
Schlagzeug und die Posaune gestürzt.

Ich glaub, die wollten zwei Wochen Musiküben auf einmal nachholen.

BOAM RENGSCHEPPERZONK RiMMS BiMMS BiMMS WOMMS! DiNGDiNGDiNG

Ich hab mir das Telefon geholt und mich in mein Zimmer verzogen.

MÖÖÖÖP! TÄTÄÄRÄTÄTÄ DÖÖÖD TUUUUT QUIETSCHDÖDELDU!

 Die Tür hab ich zugemacht, damit der **Lärm** vom Schlagzeug und von der Posaune nicht so laut ist, und dann hab ich Cheyenne angerufen.

Und zwar, um ihr zu sagen, dass ich jetzt Ski laufen kann. Und reiten. Und schnitzen. Und Schlangen **beschwören**!

Das war echt ein **toller** Urlaub auf dem **BIO-BAUERNHOF** in **BAYERN**!

Alice Pantermüller / Daniela Kohl
~~Mein~~ Dein Lotta-Leben

Kritzelbuch
Für Zeichenkünstler, Buntmaler und Bastelfreunde

Streng geheimes Tagebuch

Juchhu! Kritzelst du auch so gerne wie ich? Früher hab ich mal gedacht, das wär genauso schwer wie Blockflötespielen oder Rosenkohlessen. Aber das stimmt gar nicht. Seit ich mein erstes Tagebuch bekommen hab, kann ich gar nicht mehr aufhören zu kritzeln. Das sieht manchmal ganz schön künstlerisch aus. Wie auch du zum Kritzelprofi wirst, zeig ich dir in diesem Buch.

Psst! Hier kommt ein Geheimnis: Lotta war ja echt ein bisschen skeptisch als Oma Ingrid ihr zur Einschulung ein Tagebuch geschenkt hat. Doch seitdem in ihrem Leben immer so aufregende Dinge passieren, ist sie total froh, dass sie darin alles aufschreiben und aufzeichnen kann, was sie so erlebt. Weil manche Sachen ja echt zu komisch sind und vor allem viel zu geheim, um sie zu erzählen.

Arena

136 Seiten • Gebunden
ISBN 978-3-401-60309-4
www.mein-lotta-leben.de

96 Seiten • Gebunden
ISBN 978-3-401-60227-1
www.arena-verlag.de

Berenike von Bödecker

geht in meine Klasse
→ ist total hochnäsig

gehört den Hochholzers →

Lotta/Pferd

GEFÄHRLICH ↘

BIO-Ziege

Leni und Maxl Hochholzer

Kinder von

meine **BlöDbrüDer** ↘

Jakob und Simon Petermann

Zwillinge nämlich

Die Hochholzers